百舌《もず》落とし　下

逢坂　剛

集英社文庫

百舌《もず》落とし　下

24

大杉良太《おおすぎりようた》が、ふたたび口を開こうとしたとき、こつこつという小さな音がした。

大杉は、音が聞こえた廊下側の広い窓に、目を向けた。

曇りガラスの一角に設けられた、円い透明なのぞき窓からのぞいているのは、娘の東《とう》坊《ぼう》めぐみの顔だった。

めぐみが、ここへ来るとは考えてもいなかったので、大杉は少なからず驚いた。この病院に、残《ざん》間《ま》龍之輔《りゆうのすけ》が収容されていることを、だれに聞いたのかといぶかる。

のぞき窓から、めぐみは大きく口を動かしてみせた。おみまい、と読めた。

どうしたものか、と一瞬ためらう。

すると倉木美希《くらきみき》が、任せておけというように手を上げて、戸口に向かった。

美希は、ドアをあけて廊下に出ると、立ち番の警官に何か言った。

すぐに話がついたらしく、めぐみと一緒にもどって来る。

めぐみは、就職活動中の女子大生のような、地味な黒のスーツを着ていた。

「よく分かったな、ここが」

大杉が声をかけると、めぐみはそっけなく応じた。

「わたしにも、ルートがありますから」

だれも何も言わないうちに、ベッドの残間に声をかける。

「東坊めぐみです。たいへんだったようですが、ご無事だと聞いて安心しました」

そのてきぱきした口調に、残間は枕から首をもたげた。

「ああ、めぐみさん。このあいだは、約束をすっぽかしちゃって、すまなかった。この借りは、退院したらかならず返すから、勘弁してくれ」

「借りだなんて。わたしの方から、お願いしたことですし、気にしないでください。それより、早くカムバックできるように、祈っています」

「だいじょうぶ。針の穴が、いくつかあいただけだから、すぐに復帰するよ」

残間が言うのを聞いて、大杉は指で自分のまぶたをつまみ上げ、縫われたというしぐさをする。

意味が分かったらしく、めぐみは眉をひそめた。

美希が、大杉を見てたしなめるように、唇をへの字に曲げる。大杉はしかたなく、肩をすくめてみせた。

残間は続けた。

「どんな相談か知らないけど、まだ用は終わってないんだろう」

「ええ、まあ」

めぐみのあいまいな返事に、残間は指を振り立てて言った。

「かわりに、平庭《ひらにわ》に相談すればいい。手を借りたいことがあったら、遠慮なく平庭を使ってくれ」

「でも、それは」

言いかけるめぐみをさえぎり、口調を変えてさらに続ける。

「平庭。その人は、そこにいる大杉さんのお嬢さんで、東坊めぐみさんというんだ。挨拶しろ」

話しているうちに、元気のなかった残間もいつもの調子に、もどってきたようだ。

平庭次郎《じろう》が、あわててめぐみに頭を下げる。

「東都《とうと》ヘラルドの、平庭次郎です。残間さんの後輩です。よろしくお願いします」

めぐみも、あわてて平庭の方に向き直り、挨拶を返した。

平庭の、銀ねず色に染められたくしゃくしゃの髪を見て、ちょっとたじろぐ。

二人は格式ばって、名刺を交換した。

めぐみが、警視庁生活安全部の刑事と分かって、今度は平庭がたじろいだようだ。とまどった顔で、大杉をちらりと見る。

大杉は、しかたなく言った。

「まあ、そういうことだから、よろしくな」

すると、端の方にいた村瀬正彦《むらせまさひこ》が、突然めぐみに話しかけた。

「村瀬です。このあいだは、どうも失礼しました」

めぐみは、初めて気がついたというように、村瀬を見た。

とまどった顔で、軽く頭を下げる。

「こちらこそ、ありがとうございました」

村瀬が珍しく、自分の存在をアピールしたことに、大杉は少し驚いた。

まるで、似たような年ごろの平庭に対して、自分の方が先口だと言わぬばかりの、売り出し方だった。なんとなく、ほほえましくなる。

大杉は、表情を引き締めて、めぐみに言った。

「あまり、あてにするんじゃないぞ、めぐみ。平庭君は、一連の事件の取材で、忙しいんだ。ひとの手伝いなんか、してる暇はないだろう」

残間が割り込んでくる。

「遠慮しなくていいよ、めぐみさん。茂田井《もたい》殺しは、どうせうやむやのうちに、幕が引かれるさ。平庭が、捜査本部にいくら張りついても、らちはあかないだろう。平庭が自由に動けるように、社の方にはちゃんと言っておく。今度の件で、社には少しばかり貸しができたから、文句は出ないはずだ」

めぐみが、返事をしかねているので、大杉はかわりに言った。

「それは、ありがたいな。東都へラルドにとっても、残間拉致事件に代わる特ダネを、手にするチャンスかもしれん。平庭君には、おれの方から話をする」

そのとき、外の廊下に乱れた足音や人声が響き、不穏な空気が漂ってきた。だれかが、押し問答をしているような、殺気立った気配がする。

「村瀬君」

大杉はとっさに声をかけて、のぞき窓に顎をしゃくった。

村瀬は、瞬時にその意味を理解したとみえ、のぞき窓の前に立ちはだかって、外からの視線をさえぎった。

同時に、平庭が急いで戸口に行き、ドアをロックする。

「だめだめ、面会謝絶です。お引き取りください」

立ち番の警官らしい声が、ガラス越しに聞こえてきた。

何人かの男たちが、声高にやりとりしている。

その内容から、東都ヘラルドの社員が病室の前に陣取って、ほかのメディアの連中を押しとどめ、追い返そうとしているらしい、と察しがつく。

平庭は、病室の奥にあるもう一つのドアへ行き、ロックをはずした。

「みなさんは、ここから退出してください。中は内廊下になっていて、少し離れたプライベート用のドアから、外廊下に出られます」

そう言ったあと、大杉を見て続ける。

「午後にでも、電話をいただけますか」

「分かった」

大杉は先に立って、平庭があけてくれたドアから、外へ抜けた。平庭だけは、あとに残った。

一階におりたあと、人目につくロビーを避けて、救急の出入り口から病院を出る。

村瀬の車に乗り、とりあえず東急田園都市線の、用賀駅《ようがえき》に回った。そこで、公共安全局に登庁する、という美希をおろす。

大杉は、めぐみとともにその車で、池袋《いけぶくろ》へもどった。

マンションの近くで、一緒に食事をしたあと、村瀬はそのまま美術学校に向かった。車を自由に使えるように、と鍵を預けてくれた。

めぐみを連れて、事務所に上がる。

コーヒーをいれ、応接セットに腰を落ち着けた。

「平庭さんて、新聞記者らしくない人ね。髪の毛を、あんな色に染めちゃって。社規で、禁止されてないのかしら」

「時代が変わったんだろう。そんなことより、残間があんな状態になっちまって、相談どころじゃなくなったな」

めぐみはコーヒーを飲み、独り言のように言った。

「残間さんは、平庭さんを自由に使っていい、みたいなことを口にしたけど、そんなことができるのかしら」

言外に、そうしてくれたらありがたい、というニュアンスが感じられる。

大杉もコーヒーを飲み、少し考えた。

残間が言ったとおり、茂田井に関連する事件の真相はうやむやのうちに、幕が引かれそうな気がする。

容疑をかけられている弓削《ゆげ》ひかる、洲走《すばしり》まほろはいずれも民政党の幹事長、三重島《みえじま》茂《しげる》と深い関わりがある。警察としても二人を、あるいはどちらか一人でも確保して、三重島との関係を明らかにしないかぎり、うかつに手を出せないだろう。

いや、たとえ二人を逮捕したとしても、三重島との関係を公表するかどうか、あやしいものだ。

それならば、搦《から》め手《て》から攻めて揺さぶる、というのも悪くないかもしれない。

「あとで平庭に電話して、残間の言うように動けるかどうか、聞いてみるよ」

「あまり、無理しないでね。お父さんも含めて、わたしたちから金銭的な保証は、ないんだから」

「嘘《うそ》をつけ。めぐみのところには、プールしている捜査機密費が、わんさとあるだろう」

めぐみが、頬をふくらませる。

「お父さんの名前で、領収書をもらうわけにいかないわよ。父娘《おやこ》だってことは、ばれてるんだから」

「まあ、おれのことはともかく、平庭には特ダネをくれてやる、と約束しろ」

めぐみは、くいと肩を動かした。

「わたしも、そうなるように祈ってるわ」

大杉は、メモ用紙を突きつけた。

「こないだ、めぐみが言った取材対象先の名称と所在地、対象者の所属と名前、それに電話番号とかを全部、書き出してくれ」

めぐみは手帳を見ながら、それらの情報をきちんとメモ用紙に写し、大杉に渡した。

めぐみが引き上げたあと、大杉は平庭の携帯電話に連絡した。

茂田井事件の捜査員が三人、病室で残間の事情聴取を行なっている、という。

それが終わるのを待って、東都へラルドの役員や社会部長が、面会する予定だそうだ。

大杉は、先刻残間が口にした件を持ち出し、平庭が自由に動いていいかどうか、上層部に打診してみてほしい、と申し入れた。

平庭から電話があったのは、夕方になってからだった。

直接会って話したいというので、また事務所へ来てもらうことにした。

平庭は、午後七時にやって来た。

大杉は、用意しておいた洋食弁当を開き、グラスにバーボンをついだ。

「警察の事情聴取は、どれくらいかかったんだ」

大杉の問いに、平庭は指を一本立てた。

「一時間程度ですね」

「たったの、一時間か。やる気がないようだな」

「まあ、残間さんのコンディションを考えて、じゃないですか」

「そんな、殊勝なことを考える連中か。もちろん東都ヘラルドからは、だれも立ち会えなかったんだろう」

「そりゃ、そうですよ」

「事情聴取が終わったあと、東都ヘラルドのお偉がたが病室にはいった、と」

「ええ。わたしも、お偉がたと一緒に中にはいって、残間さんから事情聴取の様子を、聞かせてもらいました。そうしたら、紋切り型の形式的な質問ばかりで、靴の上から足を掻《か》いてもらうような、そんな感じだったと言ってました」

「要するに、やる気がないんだよ、連中は。それより、社のお偉がたは残間に、どんな話をしたんだ」

「残間さんの記事を、紙面に掲載できなかったのは、警察の強い差し止め要請によるものだ、とくどくど説明したり、わびを入れたりしてました」

　自嘲めいた口調だった。

「残間の反応は」

　大杉が聞くと、平庭は一転して笑みを浮かべる。

「それが、朝一番の勢いはどこへやらで、やけに物分かりがよくなったんですよ。まあ、社としては当然の対応でしょう、とか言っちゃってね。わたしを、自由に動けるようにするための布石か、と最初は思ったんですが」

「そうじゃなかったのか」

「その話を持ち出す前に、社会部長の佐々木《さ さ き》が残間さんに対して、先手を打ちましてね」

「先手。どんな先手だ」

「わたしを、茂田井夫妻殺人事件からはずす、と言いだしたんですよ」

意外な話に、大杉は弁当を食べる手を止め、平庭を見直した。

「それは、どういう意味だ」

「世田谷南《せたがやみなみ》署の捜査本部から、社の上の方へわたしに対する苦情が、出たそうなんです。あまりしつこく、捜査員に張りつくものだから、捜査のじゃまになる。捜査本部には、出入りさせないでくれ、と」

「しかし、親しくなった捜査員がいた、と言ってたじゃないか」

平庭は首をかしげ、耳の後ろを掻いた。

「そう思ったのは、こっちだけだったみたいでね。向こうはどうも、わたしにつきまとわれるのが、うるさくなったらしい」

「しかし、あんたもピラニアと異名をとるからには、そこで引く手はないだろう」

「それはそうなんですが、わたしより先に残間さんが、了解しちまったんです。平庭が相手では、捜査員が辟易《へきえき》するのも無理はないから、はずした方がいいでしょう、なんて言いだしましてね」

大杉は笑った。

「なるほど。こっちからお願いしなくても、あんたを自由に動かせる状況になった。渡りに船ってわけだな」

「まあ、そんなとこでしょう。続けて残間さんは、自分が今追っている案件を、わたしに引き継がせたい、と申し出たんです。そのために、平庭が自由に動くのを認めてほしい、と。部長が、どんな案件だと聞き返すと、それはまだ言えないけれども、少なくとも今回のような危険はない案件だ、と請け合いました。そう返されたら、部長としてもそれ以上は、聞けないでしょう」

大杉は笑いながら、バーボンをあおった。

「めぐみが、どんな相談を持ちかけるつもりだったか、残間はまだ聞いてないんだ。だから、中身を言えるわけがない。もっとも、まったく危険がないかどうかは、保証の限りじゃないぞ。それでも、手伝ってもらえるかね。そのかわり、特ダネはあんたのものになるが」

平庭が、きざなしぐさで、肩をすくめる。

「特ダネはともかく、婦人警官とお近づきになれるなら、木にでものぼりますよ」

大杉は、指を振り立てた。

「おいおい。今どき、婦人警官や女刑事なんて言葉を遣うと、総すかんを食うぞ」

「女性警官なんて呼び方は、色気も何もないじゃないですか」

大杉は苦笑した。

「それより、朝方病室に押しかけて来た、ほかの社の記者たちはどうなんだ。何か挨拶しなくても、だいじょうぶなのか」

「問答無用で、押し返すしかないですね。うちが自主規制しているのに、他社に抜かれたりしたら、目も当てられないじゃないですか。それで捜査本部に、立ち番の警官の数を増やしてもらえないか、と要請しました。向こうも、うちだけじゃ防ぎきれない、と見たらしくて、立ち番の制服を五人に増やした上に、私服も一人つけてくれました。徹底的に、報道陣を水際で阻止、の姿勢ですね」

千葉《ちば》市にいる両親には、残間が見つかったあと平庭が連絡をとり、事情を説明したとのことだった。

同時に、体力の消耗以外に何も心配はないので、当面ご子息との面会は控えてほしい、と要請した。残間の父親も、別の新聞社で記者をしていたことから、事情を察してその要請を受け入れた、という。

弁当を片付けたあと、大杉はめぐみから聞いた大学等への、研究助成金を巡る一件について、細大漏らさず平庭に説明した。

25

ＯＳＲＡＤ《オスラッド》（戦略研究開発事務局）は、港《みなと》区三田《みた》四丁目にあった。伊皿子坂《いさらござか》から少しはいった、こぢんまりしたビルだった。かなり古い、重厚なレンガ造りの建物で、〈ＳＴＡＲＬＩＧＨＴ ＢＬＤＧ．〉と、縦書きの袖看板が出ている。

大杉良太は、平庭次郎のあとについて階段をのぼり、ロビーにはいった。本物かフェイクか知らないが、床も壁も大理石のように見える。

ロビーの案内板を見るかぎり、ほとんどのテナントが外資系と思われる、よく分からぬ横文字の社名だ。頭に数字が振ってあり、００１から０２６まで、二十六の会社ないし団体が、入居しているらしい。

不思議なことに、ロビーには受付も案内所もなかった。ただ、エレベーターホールにつながるゲートに、警備員が二人立っているだけだ。ゲートはバーでふさがれており、認証カードをセンサーにかざさないと、はいれないようになっているらしい。

ロビーは閑散としており、人の出入りも多いとはいえない。

隅の方に、部屋番号を打ち込むボードと、スピーカーのついたピラーが五本、間をおいて立ち並んでいる。マンションと同じように、訪問先の番号をボードに打ち込んで、呼び出しボタンを押すらしい。オフィスビルでは、あまり見かけないシステムだ。

平庭がピラーの前に立ち、ＯＳＲＡＤの番号０１３を押す。

チャイムが鳴り、女の声が応答した。

「ＯＳＲＡＤでございます。ご用件をどうぞ」

「東都ヘラルドの、平庭といいます。ミスタ・ヒロタと、十時半にお目にかかるアポイントを、いただいているんですが」

三十秒ほど待たされた。

「ご案内いたしますので、おかけになってお待ちください」

大杉と平庭は、ピラーから離れた革張りのソファに、腰をおろした。

残間龍之輔を見舞った翌日。

めぐみのメモに基づいて、平庭がＯＳＲＡＤのケント・ヒロタと、連絡をとった。東都ヘラルドの名で、米軍が日本の大学や学術団体の個別研究に、研究費を助成するプロジェクトについて、取材を申し入れた。

平庭によれば、ヒロタは別に難色を示したり、躊躇《ちゅうちょ》したりする様子もなく、あっさりオーケーした、という。

そこで、二日後のこの日、大杉は平庭と落ち合い、ＯＳＲＡＤを訪れた次第だった。

五分ほどすると、白いブラウスに紺のタイトスカートという、制服か私服か分からない装いの女が、ゲートに出て来た。

名前を呼ばれ、二人は立ち上がってゲートに行った。

女は、センサーにカードをかざしてゲートをあけ、二人を通した。

エレベーターで四階に上がり、やけに暗い照明の廊下を歩いて、応接室らしき部屋に案内される。団体名や部署名を表わす表示は、廊下のどこにもなかった。出ているのは、洗面所のマークだけだった。

黒檀《こくたん》らしい低いテーブルに、革張りのソファが二つと長椅子が一つ、向かい合わせに置いてある。当然のように、灰皿はない。

隅に電話が載った、やはり黒檀らしい小机。

横手の壁に、五十インチほどの液晶テレビが収まった、マホガニーのキャビネット。

オフィスには、あまりふさわしくない、はでな模様の絨毯《じゆうたん》。

壁は寄せ木細工のボードで、窓はブラインドでふさがれており、外が見えない。

シンプルだが、いかにも金のかかったインテリアだ。

ドアが開いた。

大杉も平庭も長椅子を立ち、はいって来た男に向き直った。

「お待たせしました」

そう挨拶した日本語には、かすかな外国人なまりがある。

めぐみによれば、ヒロタは中肉中背ということだったが、背は百七十五センチほどもあり、贅肉《ぜいにく》のないやせ形の男だ。

年はめぐみが言ったとおり、六十代半ばから七十歳前後に見える。きれいな白髪を襟元まで伸ばし、同じ色の口髭《くちひげ》をたくわえている。

瞳は黒に近い茶色で、日本人とさほど変わらなかったが、風貌に外国人らしい雰囲気が漂う。日系の二世か、三世だろう。

ピークドラペルの紺のブレザーに、赤いペイズリのアスコットタイ、白い細身のスラックスというでたちは、ヨットハーバーで見かけそうなタイプの男だ。目尻にしわが出ているが、老人性のしみは見当たらない。

平庭が名乗り、男と名刺を交換する。

大杉も、パソコンで作った急造の名刺を差し出し、男の名刺を受け取った。

表には英語、裏には日本語で、団体名と氏名が表記してある。

団体名は〈ＯＳＲＡＤ〉と頭文字だけで、男の英語名は〈Kent Hirota〉。

裏の日本名は〈広田健人〉で、〈ヒロタ・ケント〉とふりがなが振ってある。肩書は、テクニカル・アドバイザー。

ケント・ヒロタは、二人の名刺をろくに見もせず、胸ポケットのハンカチの後ろに、差し込んだ。

先刻の女が、コーヒーを運んで来る。

一口飲んで、大杉は自分が事務所でいれているのと同じ、スマトラ・マンデリンと察した。薄味のアメリカンではなく、いい豆を使っている。

「さて、ご取材の趣はわたしどもの、日本の研究機関への研究資金助成について、ということでしたね」

ヒロタはそう言って、平庭の顔を見つめた。

堅苦しい日本語だが、ヒロタを外国人として見れば、流暢《りゅうちょう》といってもいい。

平庭が、背筋を伸ばして言う。

「そうです。ＯＳＲＡＤは、米国国防総省の出先機関と承知していますが、日本の研究機関に助成金を出すねらいは、どこにあるのでしょうか」

その物言いも、ふだんの平庭とだいぶ違う、堅苦しい口調だった。やはり、相手に外国人の血が流れていることを、意識せずにはいられないらしい。

「当然ながら、日本の先端技術の研究レベルを、高く評価しているからです。もちろん、助成金を出す対象は日本だけでなく、先進各諸国にまたがっていますが」

平庭は顎を引き、さりげなく続けた。

「ご存じのように、日本は憲法で戦争放棄をうたっています。その日本に、軍事技術の開発を促すのは、いろいろと議論があるように思いますが、いかがですか」

いきなり、ど真ん中に直球を投げ込んだので、大杉は少々焦った。

ヒロタは、驚いたように顎を引いた。

「わたしたちは別に、日本の研究者に軍事技術を開発してもらうために、助成金を出しているわけではありませんよ。対象としているのは、具体的な科学技術の開発というより、基礎的な研究なのです。その証拠に、助成した研究結果は極秘でもなんでもなく、自由に発表していただいてもいい、と定めています。きわめて公明正大な研究助成、といっていいと思います」

「しかし、基礎研究で開発された技術の中には、軍事技術に転用できるものも、含まれてるんじゃありませんか」

平庭の追及に、ヒロタは欧米人特有のしぐさで、肩をすくめた。

「もちろん、その可能性は否定できませんが、それはあくまで結果の一つであって、目的そのものではない。逆にわたしどもと同様、大学等へ研究費を提供する日本の防衛省の外局は、研究成果の公表にかなりの制限を設けている、と聞いています。わたしどもの方が、よほどオープンだと思いますよ」

「すると、日本人研究者が開発した技術を、軍事転用することはない、とおっしゃるわけですか」

平庭が食い下がると、ヒロタは余裕のある笑みを浮かべた。

「開発された新技術が、一つの分野だけで用いられる、あるいは役に立つということは、ありえません。逆に、多くの分野に転用がきくものでなければ、すぐれた技術とはいえないでしょう。サイバー技術やＡＩ、ロボットなど、広い意味でＩＴに関連した研究だけではなく、軽量で強度の高い基礎素材、超高度の通電性を持つ物質の開発など、研究対象はさまざまです」

「その中から、軍事に転用できる技術を引き出す、ということですか」

ヒロタは、ソファの背もたれに体を預け、両手の指先を突き合わせた。

「おっしゃるとおり、国防総省の中にはその種の研究にたずさわる、専門部門もあります。しかし、それは他の省庁も同じことです。民生用と軍事用と、両方に役立つ技術は、たくさんあります。それを、厳密に分けることは不可能だし、無意味なことでしょう」

大杉は、口を挟んだ。

「いわゆる、デュアルユースというやつですね」

ヒロタは、初めて大杉の存在に気がついた、というように目を向けてきた。

胸ポケットから名刺を取り出し、あらためてじっくりと眺める。

「東都ヘラルド社会部分室、室長大杉良太さんとおっしゃるんですね」

「そうです」

住所と電話番号は本物で、事務所の名称と肩書だけ変えたのだ。

「ご専門は、ＩＴ関連のテクノロジーですか」

ヒロタの質問に、居心地が悪くなる。

大杉が答える前に、平庭が助け舟を出してくれた。

「いや、別に専門はありません。そういう名称が、アメリカにあるのかどうか知りませんが、日本では遊軍記者と呼んでいます」

ヒロタの口元に、皮肉めいた笑みが浮かぶ。

「遊軍記者、ですか。リポーター・イン・リザーヴ（reporter in reserve）というやつかな」

「いや、予備軍というわけではなくて、テーマを選ばず自由に動けるリポーター、といった立場の記者ですね」

ヒロタは、無造作に名刺をポケットにもどし、大杉に目を向けた。

「そう。あなたのおっしゃる、デュアルユースですな。いや、デュアルどころかトレブル（三重の）、あるいはマルティプル（多重の）ユース、といった方がいいでしょう。もはや、一つの技術が一つのことにしか役立たない、という時代ではないのです」

「でしょうな。アメリカで、野放しになっている銃砲類にしても、たまにはいい目的に使われることも、あるんですから」

大杉が切り返すと、ヒロタは頰の筋をぴくり、とさせた。

「日本の防衛省も、大学や研究機関に研究助成金を、出していますね。わたしどもの活動は、それと同じことなのですよ。なんといっても日米は同盟国だし、日本政府が積極的に進めつつあるプロジェクトを、わたしどもも側面からお手伝いしている、と考えていただきたい」

大杉より早く、平庭が口を開く。

「政府レベルでは、そうかもしれませんね。しかし民間レベルでは、それを疑問視する声も多いのです。たとえば、日本学術会議は大学での軍事研究を、否定する声明を出しています。アメリカといえども、そうした声を無視することは、できないでしょう」

ヒロタは、ソファから体を起こして、コーヒーを飲んだ。

「それは承知していますが、学術会議はアメリカからの研究助成については、とくに判断を示さなかった、と理解しています。われわれの助成金が、軍事研究に特化していないからだ、と思う。研究には金がかかりますが、大学は十分な予算を持っていない。いくら、優秀な研究者がそろっていても、研究を進める資金がなければ宝の持ち腐れ、というものでしょう。繰り返し申し上げるが、わたしどもは基礎研究のお手伝いをしているだけで、軍事研究を推進しているわけではありません」

ヒロタの言うことには、それなりの筋が通っている。

軍事研究の具体的証拠もなしに、ＯＳＲＡＤの活動をとがめることは、できない相談だろう。

平庭が、角度を変えて質問する。

「ところで、ミスタ・ヒロタは助成金を出すために、優秀な研究者をリクルートしておられる、と聞いています。どうやってそういう人材を、探し当てるのですか」

「学術雑誌の論文を読んだり、国際会議を傍聴したりして、優秀な人材をマークするのです。そうやって、これと目をつけた研究者の、これまでの足取りや業績を追跡調査して、実際にお訪ねする。もちろんこちらは、国防総省をバックに背負っているので、研究者もすぐには心を開きません。しかし、軍事研究ではないことをきちんと説明し、研究成果もすべてオープンにしてよい、と言えばたいていは納得してくれます。大学や、所属機関からの資金は少ないし、なんのオブリゲーションもないとなれば、わたしどもから助成金を受けることに、躊躇はないでしょう」

理路整然と説明されて、平庭も口を閉じるしかないようだった。

大杉が、代わって口を開く。

「これまで、ミスタ・ヒロタが関わった研究者で、トラブルを起こした人はいませんか」

ヒロタは、じろりという感じで、大杉を見返した。

「トラブル、とおっしゃると」

「たとえば、助成金だけもらって、ろくな研究成果を挙げずに終わった、とか」

ヒロタは、苦笑した。

「まあ、そういう例も皆無ではありませんが、それはしかたがないでしょう。どんな研究も、かならずめざましい成果を挙げる、とは限りませんからね」

「逆に、すばらしい成果を挙げたにもかかわらず、ＯＳＲＡＤに提供せずに横流しした、というケースは」

ヒロタの目が、一瞬鋭く光る。

「それは具体的に、どういう例を指しておられるのかな」

言葉遣いも、少しきつくなる。

「画期的な発明をした場合、ＯＳＲＡＤに成果を提供するより、ほかの組織やほかの国に売った方が、お金になると考える研究者が現われても、不思議はないような気がするんですがね」

遠慮なく指摘すると、ヒロタはとげのある笑い声を立てた。

「わたしどもも、助成金を交付する前にその研究者について、それなりの調査をしますからね。少しでも、不審な点が見つかった研究者には、声をかけないようにしています」

そう言い切り、にわかに腕時計を見た。

「おっと、会議の時間になりそうだ。これくらいで、終わりにさせていただけますか」

平庭が、ちらりと大杉を見る。

大杉がうなずくと、平庭はヒロタに目をもどした。

「お時間をとっていただいて、ありがとうございました」

「どういたしまして。ただ、記事にされるときは、事前にチェックさせていただきたいのですが」

「アメリカではどうか知りませんが、日本の新聞は事前に原稿をお見せする、という習慣がありません。依頼原稿は、別ですが」

ヒロタは、眉根を寄せて少し考えたが、すぐに相好を崩した。

「分かりました。ただ、わたしどもの主張に関しては、正確に書いていただくよう、お願いします」

大杉と平庭は、長椅子を立った。

同じく、腰を上げたヒロタが指を立て、諭すように言う。

「あなたたちは、わたしどもの活動に批判的な考えをお持ちのようですが、研究者を悪い方向に導こう、としているわけではありません。研究者の方でも、軍事技術に使われるのではないか、などと不安を覚えながら研究する人は、いないと思いますよ」

平庭が、軽く首をかしげて、応じた。

「良心的な研究者は、最初から助成金の申請などしない、という気がしますが」

ヒロタは、少しも動じるそぶりを見せずに、指を立てて言い返した。

「包丁を作る職人が、人殺しに使われるかもしれないことを、常に意識しながら作っている、とお考えですか」

廊下に出ると、最初に案内してくれた女が待機しており、一階のゲートまで付き添って来た。

外に出るなり、平庭は腕を大きく広げて、深呼吸をした。

「ああ、肩が凝った。なかなか、したたかなじいさんですね」

「まったく、食えないじじいだ」

大杉もぼやいて、携帯電話を取り出した。

「おれだ。どこにいるんだ」

「後ろを見て」

その返事に、後ろを振り返る。

角の電柱の陰で、めぐみが手を振っていた。

26

ケント・ヒロタと会った三日後。

この日の朝、大杉良太は平庭次郎から電話で、報告を受けた。

残間龍之輔が、無事に玉川瀬田《たまがわせた》病院を退院して、とりあえず千葉の実家にもどったそうだ。両親を安心させるためと、他の報道陣の取材攻勢を避けるための、両方だという。

会社の方は、特別休暇扱いになるらしい。

まぶたの方は、針の刺し傷も縫い跡もふさがって、今のところ視力にも異状のないことが、確認された。

大杉は、すぐにその知らせを倉木美希に、メールした。間なしに、美希からも残間の退院を喜ぶ、短いメッセージが届いた。

残間は、しばらくのあいだ両親と水入らずで、英気を養うことになるだろう。

そのため電話を控えて、ただ携帯メールで短く退院祝いを、述べるにとどめた。

以前の携帯電話は、〈百舌《もず》〉に取り上げられたまま返らず、平庭から新しい番号とアドレスを、教えられたのだ。

同じ日の午後。

大杉と平庭は、港区芝浦《しばうら》に出向いた。

過日、ヒロタにリクルートされた研究者の一人として、東坊めぐみが挙げた栄覧《えいらん》大学情報工学部の教授、星名重富《ほしなしげとみ》に会うためだった。

星名はＡＩ、つまり人工知能開発の権威だとのことで、ＯＳＲＡＤの研究助成金を受給している、という。

平庭によると、二日前から栄覧大学に何度も電話して、四度目にやっと星名をつかまえたそうだ。

ＯＳＲＡＤの、研究助成金について取材を申し入れると、星名はさして警戒する様子もなく、あっさりＯＫしたらしい。

しかも、翌日は午後二時半で講義が終わるので、それ以降ならいつでもいい、という返事だった。平庭もさすがに、きょうのあしたで会えるとは、予想していなかったとみえ、急いで大杉に連絡してきた。

同じ翌日の午後、大杉は事務所兼自宅のある、クレドール池袋のマンション理事会に、出席を要請されていた。管理規約の禁止条項に指定された、民泊に関する対策会議が開かれるのだ。

マンションの、保安担当顧問をしている大杉は、ひそかに民泊を営む外国人入居者について、状況を報告する予定だった。したがって、欠席するわけにはいかない。

そのため、取材時間を遅めの四時に設定し、平庭から再度電話で星名に、連絡してもらったのだった。

併せて大杉は、ヒロタと面会したときと同じように、娘のめぐみにもその予定を、メールしておいた。それでどう動くかは、めぐみの勝手だ。

栄覧大学は、芝浦の旧海岸通りと芝浦運河に挟まれた、無機質な町並みの中にある。地図で見るかぎり、その周辺は工場や倉庫、物流センターなどで占められており、文教地区とはほど遠い土地柄だった。大学の周辺が蚕食されたわけではなく、大学があとから割り込んできた格好だ。

三時半に、JR浜松町駅《はままつちようえき》で落ち合った大杉と平庭は、タクシーで目的地へ向かった。

栄覧大学の近くに、〈運河〉なるこじゃれたカフェテラスがある、という。星名とはそこの二階で、落ち合うことになっていた。

二人は、三時五十分には〈運河〉にはいり、芝浦運河を見おろす二階の席に、腰を落ち着けた。

平庭は、社の写真部から星名の顔写真を、入手していた。

四時ぴったりに、四十過ぎの眼鏡をかけた男が、二階のフロアに上がって来た。

それを見て、平庭は東都ヘラルド新聞を手に、席を立った。新聞を示しながら、男に近づいて声をかけ、席に案内して来る。

立ったまま、互いに名刺を交換した。大杉は、ヒロタに渡したのと同じ、いんちきの名刺を渡した。

星名重富は、癖のある髪をていねいに頭の中央で分け、横と後ろをかなり短く刈り上げている。

眼鏡は、濃いめの臙脂《えんじ》のフレーム。

オリーブグリーンの細身のパンツに、紺の緩めのジャケット、という装いだ。足元もふつうの革靴ではなく、白いズックのスニーカーをはいている。

大杉が、漠然と抱いていた学者、研究者のイメージとは、かなり違った印象だ。少なくとも、一昔前の学究の雰囲気はない。

コーヒーが来るまでのあいだ、開校以来の栄覧大学の躍進ぶりや、キャンパスをウォーターフロントに選んだ是非など、当たり障りのない雑談でしのいだ。

コーヒーがそろうと、すぐに平庭は用件にはいった。

「お忙しいと思いますので、前置き抜きでお尋ねしたいと思います。近年、安全保障技術研究推進制度のもとで、大学や研究機関、民間企業の研究者を対象に、防衛省筋が研究助成金の交付を、進めていますね」

のっけからの切り込みに、星名は眼鏡の縁を軽く押し上げた。

「ええ、承知しています。予算も、年々驚くほどの勢いで、伸びているようですね」

「ご存じと思いますが、国の右傾化に批判的な人びとからは、あの制度は軍事技術の開発推進のため、とみられています。その点を先生は、どうお考えですか」

星名は眉根を寄せ、それとなく天井に目を向けてから、ためらわずに応じた。

「確かに、そうみられてもしかたがない、という面はありますね」

「先生は、そうした防衛省筋の助成金を、受けておられませんよね」

「受けていません」

「申請をされたことは、おありですか」

「いや、申請したこともありませんね」

「それには、何か理由がおありですか。国立大学は、国からの交付金をどんどんカットされるし、私立大学も競合が増えて学生が減ったため、研究費の捻出に四苦八苦しています。研究者のお立場からすれば、そうした制度による国からの多額の助成金は、貴重な財源になるはずです。先生はなぜ、申請されないんですか」

星名が、わざとらしく首をかしげる。

「うちの大学が、防衛装備調達庁への助成金の申請を、あまり喜ばないからです。現時点では、全面禁止にはしていませんが、やはり軍事技術研究の片棒をかつぐ、という悪いイメージがある。そのため申請の認可には、消極的な立場をとっています。そもそも、あの助成金による研究結果の扱いには、いろいろと制限がありましてね。また、それが先ざきどのような目的で使われるのか、当該研究者に対するフィードバックも、ほとんどないようです」

平庭が大杉に、目を向けてくる。

言いたいことや、聞きたいことがあれば遠慮なくやれ、という合図のようだ。

大杉は、口を開いた。

「昨今の北朝鮮の、日本やアメリカに対する振る舞いをみれば、自国の安全保障に関わる軍事研究は必要、という見方も出てくるでしょう。その点は、いかがですか」

星名は、テーブルに置かれた大杉の名刺を、ちらりと見た。

「そのあたりは、わたしにもよく分かりませんが、北朝鮮のターゲットはあくまで、アメリカなんじゃないでしょうか。日本は、なんといっても近隣国だし、同胞も数多く住んでいます。それに、拉致問題で借りもありますから」

「北朝鮮の高官の中に、拉致問題で借りがあることを認める者は、いないと思いますよ。現に解決ずみと称して、一顧だにしない姿勢をつらぬいています」

大杉が指摘すると、星名は唇をへの字に曲げた。

「おっしゃるとおりですが、実際にはまだ負い目を感じているはずです。日本に対して、むちゃはしないでしょう」

ナイーブな意見だと思ったが、それが本心かどうかは分からない。

平庭が、また口を開く。

「先生は、自国の防衛省筋には助成金を申請されないのに、ＯＳＲＡＤからの援助は受けておられる、と承知しています。その点は、どういうご判断からでしょうか」

それを聞くと、星名の目を一瞬鋭い光がよぎり、喉が動いた。

「簡単なことですよ。ＯＳＲＡＤの研究助成の対象は、軍事に限っていないからです」

「しかし、ＯＳＲＡＤを日本語に訳せば、戦略研究開発事務局ですよね。その助成金となれば、防衛装備調達庁の安全保障技術研究推進制度と、内容的に同じニュアンスじゃないでしょうか」

星名は、また眼鏡を押し上げた。

「名称はともかく、内容的には大きく違うでしょう。ＯＳＲＡＤの方は、ごく一般的というか、汎用性のある新技術の研究開発、とされています」

「汎用性がある、ということは要するにデュアルユース、トレブルユースで、当然軍事技術にも転用されうる、ということですよね」

平庭の追及に、星名は腕を組んで考えるか、あるいは考えるふりをした。

おもむろに言う。

「お言葉ですが、ただ一つの目的にしか使われない新技術、などというものはほとんど、ありえないと思いますよ」

「昔は、軍用技術が民生用に活用されていたのに、今はそれが逆転していますね」

大杉が指摘すると、星名は軽く眉を上げげた。

「それは時代の流れで、しかたがないことでしょう。大昔からある刺身包丁だって、殺人の凶器に使われることがありますが、だからといって製造禁止にはならない。それと同じことですよ」

大杉は、星名の顔を見つめた。

先日ヒロタが、同じような表現で反論してきたことを、思い返す。今、星名が口にしたたとえはそもそも、ヒロタから吹き込まれたものかもしれない。

星名は、平庭も大杉もその説明に納得していない、とみたらしい。

さらに言葉を継いで言う。

「もう一つ、防衛装備調達庁の助成金は、研究成果の公表に厳しい制約がありますが、OSRADにはそれがありません。つまり、OSRADの助成金による研究成果は、研究者が自由に発表できる、ということです。オープンにされたあと、原則としてだれでもその技術に、アクセスすることが可能になります」

「その、だれでもの中には、もちろん武器や兵器のメーカーも含まれる、ということでしょう」

大杉が言うと、星名は好意のかけらもない視線を、送ってよこした。

「それは、あくまで結果であって、目的ではありませんよ。むろん、一部にそのような目的で、使われる可能性があることを、否定するつもりはありません。しかし、大半は平和利用の範囲内で、使用されるものと思います」

「先生の研究の中に、AIロボットの開発が含まれていますね」

「ええ。地震や津波、台風などの大規模災害の際に、救助隊の立ち入れない場所に送り込んで、捜索活動や救助活動を行なうものです。すでに一部、実用化されています」

「そうしたロボットに、爆弾や銃器や細菌兵器を装着して、戦場に送り込むこともできますね。そうすれば、味方の人的被害なしに敵兵を倒す、効率的な作戦が可能になる」

付け焼き刃と意識しつつも、大杉は残間龍之輔やめぐみから聞かされた、新しい軍事技術に関する問題点を、星名にぶつけていった。

それに乗じるように、平庭も割り込んでくる。

「いわゆる殺人ロボット、と呼ばれる自立ロボット兵器の開発には、規制がかかろうとしていますね。あまりに非人道的だ、という理由で」

星名は椅子の背にもたれ、わざとらしく小さな咳をした。

「おっしゃっているのは、CCW（特定通常兵器使用禁止制限条約）のことだと思いますが、これは当然規制されるべき問題でしょう。人間を感知して、自動車が自動的にブレーキをかけられるなら、逆にその人間をねらって自動的に攻撃することも、理論的には可能ですからね。その点、われわれAIの研究者と、ロボット開発の科学者が、足並みをそろえて規制に乗り出したのは、朗報というべきでしょう」

大杉は、つい先日新聞で見かけた、CCWのことを思い出した。

なんでも、核兵器や生物兵器、あるいは化学兵器などの、無差別大量殺戮《さつりく》兵器だけでなく、通常の兵器の使用についても制限しよう、というねらいらしい。

「殺人のための兵器を、使っていいのと悪いのとに分類するなんて、どだいナンセンスだと思いませんか、先生」

大杉が言うと、星名は苦笑した。

「もちろん、武器や兵器がない世の中が理想でしょうが、一国でもそれを守らない国があれば、成立しない考え方です。わたしたち研究者の使命は、そうしたものが必要でなくなるような、便利で快適な世界を創出することにある、ともいえる」

抽象的な議論になってきた。

大杉は、単刀直入に聞いた。

「先生が、OSRADの助成金を受けておられるのは、どういう内容のご研究ですか」

星名は、目の前でシャボン玉がはじけた、とでもいうように顎を引いた。

「それは、まだ研究途上のものですから、お話しできませんね」

「しかし、OSRADは公表を許してるんでしょう」

「それは、研究が終了したあとの話ですよ。中途で公表したら、別の研究者や研究機関にまねをされて、先を越される恐れがありますからね。そんなことになったら、助成金をもらう意味がない。OSRADだって、お金を出す以上はそんなリスクを、負いたくないでしょう。それくらい、お分かりのはずですが」

大杉は口をつぐみ、ジャケットの袖のちりを払うふりをした。

確かに、星名の言うとおりだ。

平庭が、助け舟を出してくれる。

「それでは、一般論としてお尋ねします。今のところ、どのような最新技術が軍事転用できるか、差し支えない範囲で教えていただけますか。先生からお聞きした、とは書かないことをお約束します」

ことさらのように、星名はむずかしい顔をこしらえて、日暮れが近い窓の外の運河を、見下ろした。

大杉は、その視線の先を追った。

コンテナを二つ積んだ、艀《はしけ》のような平たい船がゆっくりと、くだって行く。

星名は、目をもどした。

「そうですね。たとえば月明かり、あるいは星明かりだけで鮮明な画像が撮影できる、高感度カメラがすでに開発されています。例の、赤外線カメラよりはるかに高性能で、色彩や模様まではっきり見える。これをレーダーに使用すれば、偵察機から敵陣の様子や軍事施設が正確、かつ精細に観測できます。昼間はもちろん、夜間でもね」

「地図や地形図の作製にも、役立ちそうですね」

平庭が、わざとらしく民生用の使い方を、挙げてみせる。

星名は、ほっとしたように、笑みを浮かべた。

「おっしゃるとおりです。現に、地図会社が導入しようとしていますし、地震とか土砂崩れといった、自然災害の現場でも活躍するでしょう」

大杉は、めぐみから聞いた話を思い出して、口を開いた。

「どこかで読むか聞くかしたんですが、カメラやそれ以外の光学機器もかなり、進んでいるようですね。たとえば、二キロ以上も先まで照射できる、高性能サーチライトとか」

「ええ。それも災害現場の夜間での活動に、大いに役立つはずです」

「夜間の戦闘でも、遠くの敵陣がはっきり見えるわけですから、殺し合いに非常に便利な機械ですな」

大杉が決めつけると、星名はいやな顔をして言い返した。

「ちなみに、そのサーチライトを超高速で点滅させると、敵は目がくらんで戦闘不能になり、パニックにおちいるといわれていますよ」

27

車田聖士郎《くるまだせいしろう》は、ゆっくりとプリウスを、スタートさせた。

栄覧大学の正門を出た星名重富は、芝浦一丁目の交差点に向かって、歩きだした。ときどき振り返るところをみると、タクシーが来たら乗るつもりなのかもしれない。

しかしこのあたりは、流しのタクシーが頻繁に走るような、にぎやかな場所ではない。

隣で、東坊めぐみが言う。

「車でのろのろついて行くと、尾行を気づかれるかもしれませんね」

車田は、車を停めた。

「そうだな。悪いが、足で追ってもらおうか。ケータイで連絡をくれれば、こっちも車で追いかけるから」

「分かりました」

めぐみが、シートベルトをはずしたとき、星名がまた後ろを振り返る。

そのとき、二人が乗ったプリウスの横を、タクシーが追い越して行った。

それを見た星名が、あわてたように手を上げるのが、目にはいった。たまたま、空車だったらしい。

「ちょっと待て。タクシーに乗るぞ」

言うより早く、めぐみが急いでシートベルトを、装着し直す。

星名が乗り込み、タクシーが走りだすのを待って、車田も目立たぬように、車の速度を上げた。

二時間ほど前。

午後四時から、星名が〈運河〉で大杉良太、平庭次郎の取材を受けているあいだ、車田とめぐみは店を見渡せる車の中で、待機していた。

その場所と時間は、大杉からめぐみに連絡があったのだ。

五時に近づくころ、取材を終えた星名が、先に一人で出て来た。

めぐみが歩いてあとをつけ、車田がその後ろからゆっくりと、車で追尾した。平庭と大杉には、あとで話を聞くつもりだった。

星名はそのまま徒歩で、一度栄覧大学にもどった。

そして小一時間後に、また出て来たという次第だ。

だいぶ日脚が短くなり、すでに空は暗くなりかけている。車の流れは緩やかで、尾行は比較的楽に推移した。

星名が行った先は、勝鬨橋《かちどきばし》に近い中央区《ちゅうおうく》築地《つきじ》七丁目の、〈ビラ明石《あかし》〉という古いマンションだった。

そこの五〇五号室に、三省興発《さんせいこうはつ》の社長荒金武司《あらかねたけし》の住まいがあることは、すでに調べがついている。

三省興発は、八丁堀《はっちょうぼり》の地下鉄の駅から近い鍛冶橋《かじばし》通りの、三省ビルという古いビルを所有する、小さな貿易商社だ。

荒金のマンションも、三省ビルに負けないくらい古いが、場所柄からして購入した当時は、かなり高かっただろう。重厚な外観からも、それは十分にうかがわれる。

車田は、入り口の二十メートルほど手前で車を停め、ヘッドライトを消した。

タクシーをおりた星名は、一度マンションの前を通り過ぎてから、足ばやに引き返して中にはいった。当人は、用心しているつもりかもしれないが、ほとんど意味のない振る舞いだ。

三カ月ほど前。

車田とめぐみは、三省興発が経産大臣の許可を得ずに、違法の海外貿易に手を染めているのでは、との疑惑から荒金の身元を洗い始めた。

身辺調査の過程で、荒金の接触相手の一人として浮かんだのが、星名だった。

星名が、栄覧大学情報工学部の教授で、人工知能開発の権威の一人であり、ＯＳＲＡＤの助成金の受給者だ、ということはあとになって分かった。

星名が、直接三省興発を訪ねたことは、一度もない。二人が会うときは、どこかで一緒に食事をするか、荒金のマンションを星名が訪ねるかの、どちらかだった。

荒金は、四十二歳になる在日三世だ。

日本人の妻と、自分の祖父母の四人暮らしで、実の父母は北朝鮮にいるという。その間の事情は、まだはっきりしていない。

めぐみが言う。

「星名がきょう、荒金の自宅に足を運んだのは、偶然かしら。前から決まっていたのか、それともさっきの平庭記者の取材が、きっかけになったのか。どちらでしょうね」

車田は、ハンドルを握り締めた。

星名の取材は、平庭と大杉が二人で行なったはずだが、めぐみは平庭の名前だけしか、出さなかった。それがなんとなく、ほほえましかった。

めぐみの父親でもあり、個人の調査事務所の所長でもある大杉に、公務としての捜査を手伝わせて、いいものか。そうした躊躇は、車田にも当然ある。

さらに、東都ヘラルド新聞の社会部記者、平庭次郎がからんでいることも、まったく問題ないとはいえない。

平庭には、捜査情報の優先的提供というかたちで、多少のペイバックができるだろう。しかし、大杉には捜査を手伝ってもらうだけで、なんの見返りも与えられないのだ。

それはともかく、車田にとって大杉は頭を抱えたくなるほど、煙たい存在だった。よりによって、パートナーになった女性刑事の父親が、元警察官だったとは。

ただ、大杉には子供のころ見たテレビドラマの、こわもての刑事の気風がある。今や時代が変わり、身近にそういうタイプの刑事が少なくなっただけに、なんとなくなつかしい気もするのだ。

めぐみが、咳払《せきばら》いをして続ける。

「星名教授の動きを、どう思われますか」

車田は、先刻の質問に答えていなかったことを、思い出した。

あらためて、口を開く。

「まあ、きょう星名が荒金を訪ねたのは、さっきの取材がきっかけ、とみていいんじゃないか」

そっけない返事になり、案の定めぐみは不満そうに黙り込んだ。

「ただ、おれとしては星名は荒金よりもまず、ヒロタに報告に行くんじゃないか、と思ったんだが」

少し間をおいて、めぐみが応じる。

「ヒロタは、つい先日平庭記者の取材を受けたあと、すぐに星名教授に警告したんじゃないか、と思います。というより、ＯＳＲＡＤが研究助成金を出している、研究者全員に対して」

「要するに、新聞社の取材があるかもしれないから、よけいなことをしゃべるな、という警告か」

車田が言うと、めぐみは軽く首をかしげた。

「というより、かりに取材を受けることになった場合、変に敵意を見せたり返事を濁したり、要するに相手に疑惑を抱かせるような、不自然な態度をとらないようにしろ、ということじゃないですか。万が一にも、助成金をもらって後ろめたい研究をしている、という受け取り方をされるのが、ヒロタにとっていちばんいやなはずですから」

確かに、めぐみから受けた報告によれば、平庭も大杉も口をそろえてヒロタの応対に、つけ入るだけのすきがなかったことを、認めたらしい。あけっぴろげで、何も隠す必要はないと言いたげな、フランクな態度だったそうだ。

ただ、大杉によればそのオープンな対応がかえって、疑惑を隠そうとする姿勢にも見えた、ということのようだ。

車田は、ペットボトルを取り出して、水を飲んだ。

「なるほどね。ヒロタは、なかなかの切れ者らしいな」

「新聞記者を、扱い慣れているようですね。それで、今の仕事を任されているのかも」

車田は少し考え、話を先へ進めた。

「星名教授が、ヒロタへの報告をあと回しにして、荒金に会いに行ったのはなぜか。そこが、ポイントかもしれないな」

「ヒロタには、教授も一度大学へもどった時点で、電話報告くらいしてるでしょう」

めぐみに指摘されて、車田もうなずいた。

「それでも、ヒロタに直接報告に出向かずに、荒金の自宅に先に駆けつけたのは、何か理由があるはずだ。単に、自分の取材対応に問題はなかったと判断して、ヒロタへの報告をあと回しにした、というわけじゃないと思うんだが」

根拠はないが、なんとなくそうした勘が働いた、ということだ。

「むしろ、星名教授と荒金の関係は、ヒロタとは別の次元、ということですか」

「そういう見方も、できるはずだ」

車田が返したとき、どこかで電話の着信を知らせる振動音が、小さく響いた。

めぐみが、すばやくジャケットのポケットに手を入れ、スマートフォンを取り出す。

「もしもし」

そう言ったきり、あとは短くあいづちを打つだけで、じっと話を聞いている。

それから、低い声で言った。

「今、星名教授のあとをつけて、三省興発の荒金武司のマンションに、来たところ。勝鬨橋の近くの、築地七丁目のあたり」

その口のきき方から、相手は大杉だと察しがつく。

めぐみは続けた。

「教授はこのあと、ヒロタのところへ回るか自宅にもどるか、どちらかだと思うわ。その動きにもよるけど、どこかで待機してもらえないかな。教授の取材の話も、聞きたいし。平庭さんが無理なら、お父さんだけでもいいけど」

それから少しのあいだ、耳を傾けている。

やがて短く、分かった、と言って通話を切った。

「父が、京橋《きょうばし》の〈鍵屋〉というバーで、待機していてくれるそうです。こちらが一段落したら、連絡を入れることにします。平庭記者は、どうなるか分かりませんが」

「了解」

車田はそう言って、バックミラーに目を向けた。

自分たちの車の、十メートルほど後ろに駐車した、別の車の影が映る。暗いので、人が乗っているのかどうか、はっきりしない。

マンションに着いた時点で、すでにその車は停まっていたように思う。

めぐみが言った。

「近くの自動販売機で、お水買って来ていいですか」

「いいよ。こっちはしばらく、時間がかかりそうだし」

「車田さんの分も、買って来ますか」

「いや、まだあるからいい」

めぐみは、助手席から車をおりた。

ガードレールのあいだを抜け、歩道に上がる。

車田が目で追うと、表通りには自動販売機がないらしく、めぐみは少し歩道を後ろに移動して、最初の路地にはいった。

三分ほどして、ペットボトルを手に、もどって来る。

助手席に乗り込むと、めぐみは低い声で言った。

「後ろの車、気になりますね」

車田は苦笑した。

「気がついてたのか」

「ええ、着いたときから。まわりが暗いし、スモークガラスなので、人が乗っているのかどうかも、分かりませんでした」

どうやら、水を買いに車をおりたのも、様子を見るためだったらしい。

車田はまた、自分の水を飲んだ。

「考えすぎかもな。ただ、駐車してるだけだったりして」

そう言いながらも、なんとなくいやな気がした。

これといった理由はないが、ただの通行人にしても通りがかりの場所にしても、なんとなく気になるたたずまい、というのを感じることがある。

めぐみが水を飲み、ペットボトルに蓋をしたとき、突然助手席の窓を叩《たた》く音がした。

はっとして、車田はハンドルから手を離した。

すると、めぐみが少しもうろたえずに、ボタンを押して窓をおろす。

「ちょっと、後ろのドアをあけてくれる」

窓にかがみ込んで、そう話しかけてきた女の声に、車田は虚をつかれた。

薄闇の中に、久しぶりに見る倉木美希の顔が、ぼんやりと浮かぶ。

車田が、あわててロックを解除すると、美希はドアをあけて後部シートに、乗り込んで来た。黒っぽいコートを、身につけている。

めぐみが、体をねじって言った。

「後ろの車に、乗っていらしたんですか」

驚いたとしても、それをおくびにも出さないところが、めぐみらしい。

「そうよ」

美希の返事に、車田はあわてて言った。

「どうも、ご無沙汰しています。車田です」

そのとたん、場違いなことを口にしたような気がして、少し焦った。

「どうも」

美希はそっけなく応じ、すぐに質問してきた。

「あなたたち、さっきそこのマンションにはいった、眼鏡の男を追って来たようね」

車田はめぐみと、目を見交わした。

美希の原籍は、警察庁長官官房の特別監察官だが、今は公共安全局に参事官として、出向中のはずだ。

車田は咳払いをして、わざと堅苦しく応じた。

「わたしたちは、生活経済特捜隊として公務執行中ですが、倉木警視もやはり同じでしょうか」

少し間があく。

「その質問に答える義務はないけれど、公務執行中と考えてもらっていいわ」

車田は、自分たちが星名を追ってここへやって来たとき、美希の車はすでに先着していたことを、あらためて思い起こした。

美希はおそらく車の中から、自動販売機へ向かうめぐみの姿を見て、声をかける気になったに違いない。

めぐみは、車田の考えていることを読み取ったように、口を開いた。

「警視は、わたしたちよりも先にここへ来て、マンションを見張っていらしたんですね」

美希はすぐには、返事をしなかった。

口調を変え、唐突に言う。

「さっきの、眼鏡の男はどこのだれなのか、教えてもらえないかしら」

車田は口をへの字に結んで、聞こえなかったようなふりをした。

車の中に、気まずい空気が漂う。

やがて、めぐみが応じた。

「警視が、あのマンションのだれをターゲットに、ここで見張っていらっしゃったのか、教えていただけますか。そうしたら、お互いにいってこいの取引になる、と思いますが」

車田はひやりとして、またハンドルを握り締めた。

いくら、美希と自分の父親が古いなじみだとはいえ、巡査部長の身で警視に取引を持ちかけるとは、めぐみもいい度胸をしている。

車内の空気が、まるで凍りついたようになったのは、めぐみの申し出を受けた美希の心中を、そのまま表わしているようだった。

車田は、とっさに口を挟んだ。

「考えてみれば、自分たちのターゲットであるAと、警視のターゲットであるBとが相互に、なんらかの関係を持っている可能性も、あるわけですね。要するにきみは、それを確かめたいんじゃないのか、東坊くん。少なくとも、大杉さんならそう考えるはずだ」

わざとらしいのは承知の上で、大杉の名前を出してしまう。

美希が後部シートで、すわり直す気配がした。

小さく含み笑いをすると、揶揄《やゆ》するような口調で言う。

「二人とも、けっこう言ってくれるわね」

「おたがいの情報を交換し合えば、新しい事実が出てくるかもしれませんね」

めぐみが、だめを押すようにせかすと、美希はため息をついた。

「分かったわ。でも、先に言うのは、あなたたちよ。文句があるかしら」

車田は、めぐみが口を開く前に、急いで言った。

「文句はないです。自分たちがつけてきたのは、栄覧大学情報工学部の星名重富、という教授です。星名は星の名前、重富は重量の重いに、富山県の富と書きます。ＡＩの技術開発では、日本でも有数の権威といわれています」

「星名重富」

美希は、その名を舌で転がすように繰り返し、あとを続けた。

「その星名を、生活経済特捜隊が尾行しているのは、どういうわけかしら」

めぐみが割り込む。

「その前に、警視のターゲットの名前を、教えていただけませんか」

車田は、いくらかひやりとしたが、めぐみのそういう負けん気の強さに、むしろ引け目を感じた。

少し間をおき、美希が応じる。

「三省興発、という貿易商社の社長で、荒金武司という在日三世の男よ」

予想したとおりの名前に、車田はめぐみとすばやく視線を交わした。

28

後部シートで、倉木美希が含み笑いをする。

「あなたたち、すでに荒金武司のことを、知っているようね」

時間を稼ぐために、車田聖士郎はペットボトルを取り上げ、水を飲んだ。

助手席の東坊めぐみが、黙ったまま車田をちらりと見る。車田の意向を確かめずに、勝手に返事をしていいものかどうか、決めかねているようだ。

車田は肚《はら》を据え、先に口を開いた。

「ええ、知っています。これで、警視のターゲットとわたしたちのターゲットが、結びついたわけですね」

「そういうことになるわね。あなたたちが、先に目をつけたのは、どちらの人」

「星名教授の方です」

「そう。差し支えなければ、なぜ星名教授を尾行しているのか、教えてほしいわ。もちろん、他言はしないから」

「相互取引なら、お話ししてもいいですよ」

思い切って言うと、美希は少しのあいだ黙った。

それから、息をついて応じる。

「いいわ。先に話して」

うむを言わせぬ口調だった。

いろいろな意味で、美希が信用に足る女だということは、よく承知している。

まだ、外部の人間に話せる段階ではないが、互いに同じ警察官だ。情報交換ができるなら、かまわないだろう。

車田は、そう自分に言い聞かせて、深呼吸をした。

とりあえず、大杉良太と平庭次郎がからむ部分を除き、それまでのいきさつをかいつまんで、説明する。

そもそもは、米国防総省の出先機関ＯＳＲＡＤが、日本の大学や研究機関の研究者に、新技術開発のための研究助成金を出している、との事実を伝える新聞報道が、きっかけだった。

具体的に、これという疑惑があったわけではない。

ただＯＳＲＡＤに、テクニカル・アドバイザー（技術顧問）という肩書で在籍する、ケント・ヒロタという日系人のことが、気になった。その経歴に、いささか不審な点があることが、分かったのだ。

ヒロタの主たる職務は、大学や研究機関の研究者たちと接触し、研究助成金を出すのにふさわしい、優れた人材をリクルートすることだった。

ＯＳＲＡＤで働く以前のヒロタは、フリーでさまざまな外資系企業のために、優れた人材をヘッドハンティングし、コミッションを稼ぐ仕事をしていた、という。

ただ、ヒロタが引き抜いた人材が、転職前に在籍した企業や転職した先の企業で、機密漏洩《ろうえい》等のトラブルを起こした例が、いくつかあったらしい。

もっとも、正式の刑事事件に発展したケースは、今のところ報告されていない。事件が明るみに出る前に、企業の側で闇に葬ってしまったもの、と思われる。

そういう次第で、具体的な証拠をつかんだわけではないが、取っかかりとして車田とめぐみは、まずヒロタに探りを入れることにした。

当面は、ＯＳＲＡＤの助成金受給者の中から、ヒロタが関わった研究者を洗い出し、身辺調査をすることから始めた。

その中の一人に、星名重富がいた。

星名は、人工知能の研究開発の分野では、トップクラスの研究者との評価が高い。ことに、ＡＩロボットの開発に関しては、最先端の位置にいるといわれる。ＯＳＲＡＤが、助成金を給付する対象に選んだとしても、なんの不思議もない存在だ。

その星名の、行動や交友関係をチェックする中で、網にかかったのが三省興発の社長、荒金武司だった。

三省興発は貿易商社で、おもに中東やアフリカに点在する、小さな発展途上国のいくつかと、取引がある。

扱い商品を調べてみると、その中に大小の鉄パイプや光学器械、電子機器や部品など、武器や兵器の製造に転用できるものが、相当数含まれることが判明した。

「その結果三省興発について、以前手がけた三京鋼材《さんきょうこうざい》や明鋼商事《めいこうしょうじ》の一件と、同様の疑惑が浮上してきたわけです。つまり、そうやって寄せ集められた部品が、最終的に完成した兵器に姿を変えて、共産圏へ流れてるんじゃないか、と」

車田が言葉を切ると、美希は言った。

「それで、そうした三省興発や荒金社長に対する疑惑に、星名教授がどういうかたちで関わっているのか、調べることにしたわけね」

「そうです。今のところ、何が荒金社長と教授を結びつけているのか、分かっていませんが」

美希は何も言わず、わずかに間があいた。

すかさず車田は、問い返した。

「それで、警視の場合はどういった容疑で荒金を、チェックしてらっしゃるんですか。公共安全局が、どんな仕事をする組織か知りませんが、なんとなく畑違いじゃないか、という気もするんですが」

ついでに付け加えると、美希は機先を制されたと感じたのか、少しとげのある笑いを漏らした。

「言っておくけれど、公共安全局に畑違いの仕事なんて、一つもないのよ。少なくとも、なんらかの犯罪がからみそうな事案なら、公共の安全と切り離すことはできないわ。あなたたちの方こそ、見当違いのターゲットをねらっている、なんて言われないようにね」

美希の皮肉に、めぐみが反論する。

「三省興発の荒金は、経産省の認可を得ずに違法な機械部品、電子機器部品などを、輸出している疑いがあります。そうした犯罪が、生活経済特捜隊の捜査対象になることは、警視もよくご存じのはずです」

車田は、唇を引き締めた。

父親の、大杉良太とのからみがあるせいか、めぐみは美希に対して事あるごとに、挑戦的な態度をとる。

当人が、それを意識しているかどうかは別として、単なる先輩の女性刑事への対抗心、というだけでは片付けられないものが、あるようだった。

「あなたたちはもちろん、三省興発が特定の共産主義国と国交のある、どこかの第三国と取引している、とにらんだわけね」

単刀直入に指摘され、めぐみはすぐには答えられぬ様子で、またちらりと車田を見た。

車田は、代わって答えた。

「まあ、簡単に言えば、そういうことです」

バックミラーの中の、美希の顔にこっそり目をくれたが、暗くて表情までは分からなかった。

「わたしの方も、同じようなことで荒金を調べているの。在日三世の荒金は、北朝鮮に実の両親がいるようだし、チェックに値する人物だわ」

美希の口調は、いくらか投げやりだった。

また、めぐみが切り返す。

「そうなると、やはり警視のねらいもわれわれ特捜隊の仕事と、重なるわけですね。ちょっと話が、ややこしくなりそうな気がします」

少しのあいだ、車内に沈黙が漂った。

やがて、美希が言う。

「わたしたち、場合によっては協力し合う必要が、出てくるかもしれないわね。そのためにも、こちらの状況をおおざっぱに、説明しておくことにするわ。もちろん、ここだけの話だけれど」

そこで言葉を切り、あらためて続けた。

「もちろん、お父さんにも話しちゃだめよ、めぐみさん」

めぐみが、首だけで振り向く。

「父にも、ですか」

その口調に、あれほど親しい仲なのになぜ、というニュアンスが感じられて、車田は笑いを嚙《か》み殺した。

「だめ。話す必要があるときは、わたしから話します」

　めぐみはしかし、引き下がらなかった。

「正直に言いますと、今度のわたしたちの捜査には、父と東都ヘラルドの平庭記者の二人に、協力してもらってるんです。個人的な立場から、ですけど」

「あら、そう」

　美希があっさり応じたので、車田は内心拍子抜けがした。

　めぐみも、そうした反応に意表をつかれたらしく、口をつぐんでしまう。

　車田は、もしかして美希がそのことを、すでに承知しているのではないか、と思った。

　咳払いをして、めぐみがまた口を開く。

「そういう事情なので、平庭記者と父の二人にも、情報を共有してもらった方が、話が早いんじゃないでしょうか」

　しかし美希は、黙ったままでいる。

　車田は、探りを入れてみた。

「そのことで大杉さんから、何かお聞きになっていますか」

「いいえ。何も聞いてないわ」

　美希の返事は、そっけなかった。

　少し間をあけて、めぐみがあきらめたように言う。

「それじゃ、父には言わないことにします。荒金を、見張っていらっしゃる理由を、聞かせていただけますか」

　美希も、一呼吸おいてから言った。

「さっきの話によると、三省興発が輸出する商品の中に、武器や兵器に転用できる部品が含まれている、ということだったわね」

「はい。それが、売却先の国からどこかに集積されて組み立てられ、最終的に共産主義諸国とか紛争当事国とかに、完成した武器兵器として送られる。そういう流れが、想定されます。三京鋼材の一件と、まったく同じ図式です」

　また少し、間があく。

「その売却先が、外国じゃなくて日本国内だったら、どうなるかしら」

　唐突に美希が言い、車田は虚をつかれて絶句した。

　日本にも武器や兵器、軍事関連用品を製造している会社は、いくつかある。しかし、製品は原則として自衛隊、警察など特定の組織に納められ、国内で一般に出回ることはない。数量も知れており、当然生産コストの単価が高くなるため、それだけではビジネスとして成り立たない。たとえ、海外市場がある程度開放されたとしても、当面は競争力を持てないだろう。

　ただ、集団的自衛権の行使容認に向けて、かつての武器輸出三原則が閣議決定で撤廃され、新たに防衛装備移転三原則が策定されている。

　それによって武器取引の環境に、大きな変化が現われつつあるのは確かだ。

車田は言った。

「かりに、防衛装備移転三原則で規制が緩んだにしても、日本国内で武器や兵器を売買することは、不可能でしょう」

「わたしが言ったのは、武器そのものの話ではないわ。あなたがたの案件と同じ、武器を構成する個々の部品の話よ。規制が緩んだことで、国内でもそうした動きが出てくるのは時間の問題、といっていいと思うわ」

29

車田聖士郎は、口を閉じた。

フロントグラスの前方を見つめ、倉木美希が言ったことの意味を考える。

あらためて、美希に確認した。

「そうすると、警視は三省興発がそうした部品の取引を、国内でも行なっている疑いがある、と」

そこで喉が詰まり、言葉を途切らせる。

「簡単に言ってしまえば、そういうことね」

「そんなことが、可能なんですか。この、今の日本の、つまり国内で」

急には信じられず、しどろもどろになった。

「さあ。でも、それが可能だと分かったときには、手遅れになるわね」

めぐみが、割り込んでくる。

「つまり、海外と同じような大規模なテロが、国内でも発生する。少なくとも、その可能性が出てくる、ということですよね」

話がいきなり飛躍したが、美希は冷静な口調で応じた。

「そう。公共安全局にとって、畑違いの仕事でないことは、分かるでしょう」

車田は、言い返す言葉がなく、黙ったままでいた。

美希が言うことも、なんとなく分かるような気がするが、具体的にまだぴんとくるものがない。

新しい三原則の導入により、従来限定的に認められていた武器、兵器の輸入に加えて、海外への輸出規制も緩やかになった、という事実は否定できない。

むろんそれには、平和貢献のためとか国際協力のためとか、相応の制限が設けられているものの、たがが緩んできたことは確かだ。

どちらにせよ、日本の兵器関連産業にとって、海外取引の障壁が低くなったことは、間違いない。

さらに、同じような制限のもとに国際的な協力、たとえば武器や兵器開発における技術供与、あるいは共同開発や共同生産も、可能になった。

ただし、当然ながら従来と同じく共産圏や、紛争当事国等への武器輸出だけは、禁じられている。

とはいえ、日本と共同開発にたずさわった他の国が、そうした武器や兵器、部品などを、共産圏や紛争当事国に売ることまで、禁止することができるだろうか。

そんな禁止条項を設けたら、実質的に日本との共同開発や共同生産に応じる国は、なくなってしまうだろう。

日本の武器・兵器産業を育成するために、海外市場だけをねらっていたのでは、いつまでたっても実現は不可能だ。国内市場、それも自衛隊や警察だけでなく、民間の警備産業なども対象にしなければ、成長は見込めない。

そうなれば、左翼右翼の過激派や暴力団に、武器が流れる事態を招くのは必定で、とうてい認められることではない。

ただ、武器製造に転用できる部品が出回れば、国内における非合法の武器製造の可能性が、飛躍的に高まることは必定だ。

しかし、そうした事態にならないように、目を光らせなければならないとすれば、それは生活経済特捜隊の仕事というよりも、美希たちの公共安全局が取り組むべき、大きな問題になるだろう。

長い静寂が続いた。

やがてめぐみが、口調を変えて言う。

「話は飛びますけど、集団的自衛権の行使容認という問題は、結局は正当防衛の理論に基づくものですよね」

後部シートで、身じろぎする気配がした。

「突き詰めれば、そういうことね」

美希の返事に、めぐみは続けた。

「でも、正当防衛を明確に正当化するために、武器の共同開発や輸出入を推進するというのは、どこかおかしいんじゃないですか。そのうち、わたしたち日本の警察官も外国なみに、自動小銃を持たされるようになるかも」

またも飛躍した話に、ふたたび車内が静まり返る。

車田は焦って、陽気に言った。

「どうも、張り込みをしながら議論する話としては、ちょっとテーマが重すぎますね」

めぐみも美希も、かたちばかり笑った。

急にめぐみが、落ち着いた声で質問する。

「ところで、後ろの車はだいじょうぶですか。どなたかパートナーが、乗ってらっしゃるんですか」

美希は、あくびまじりに応じた。

「いいえ、わたし一人。公共安全局の、公用車なの。首相官邸から、何台か回してもらったうちの、一台よ」

それから、思い出したように続けた。

「先日、玉川瀬田病院にお見舞いに行ったとき、大杉さんがめぐみさんに、平庭君は〈百舌〉の事件で忙しいから、手伝いをしている暇はないとか、そんなことを言ったわね」

車田は初耳だったので、めぐみの顔を見た。

めぐみが、短く応じる。

「ええ」

「そうしたら残間さんが、平庭記者が自由に動けるように、社の方に話しておくと言ったのよね」

「ええ」

「あなたたちがさっき、大杉さんと平庭記者に協力してもらっている、と言ったのはそのことと、関係があるのでしょう」

「ええ」

少し返事が遅れたが、ともかくめぐみは、ええ、としか答えられないようだった。

めぐみが、残間龍之輔の見舞いに行ったとき、その場に美希が来ていたことは、車田も報告を受けている。

だとすれば、美希にそうしたやりとりを聞かれたのは、しかたのないことだろう。

もっとも、めぐみによればそのおり美希は、ほとんど発言しなかったそうだ。

少し間をおき、美希が口調をあらためて言う。

「それで、あなたたちはあの二人に、どんな協力をしてもらったの」

めぐみが答える前に、車田は割り込んだ。

「ＯＳＲＡＤのケント・ヒロタに、取材をかけてもらったんです」

「どんな取材を」

すかさず聞き返されて、車田は答えあぐねた。

実のところ、車田とめぐみは星名重富と荒金だけでなく、ケント・ヒロタにも疑いを抱いていた。

まず星名が、なんらかの理由で研究開発中のデータを、ひそかに荒金に提供しているのではないか、という疑惑がある。

なぜなら、三省興発は特定の機械部品について、違法の輸出をしている疑いがあり、しかも荒金は北朝鮮に、実の父母がいる。そこへ、星名がひそかに接触しているとすれば、当然機密漏洩にからむ取引が考えられる。

美希が、とがった声で言う。

「どうしたの。答えられないの」

そうせかされて、車田はしぶしぶ応じた。

「ＯＳＲＡＤが、星名教授のどんな研究に助成金を給付しているのか、聞き出してもらおうと思ったんです」

少し間があいたあと、美希の硬い声が返ってくる。

「そんなことを、ヒロタが軽がるしく新聞記者にしゃべる、とでも思ったの」

やはり、車田の答えを信じていないのだ。

「そういうわけじゃないですが、ヒロタにそれとなく揺さぶりをかければ、なんらかの動きを見せるんじゃないか、と思いましてね」

「結果は、どうだったの。ヒロタは動いたの」

「いや。この二日ほど、わたしたちが追尾したかぎりでは、あやしげな人物とこっそり会うといった、不審な行動は見受けられませんでした。電話までは、盗聴できませんでしたが」

「それで、どうしたわけ」

腕のいい検察官のように、美希は追及の手を緩めない。

車田は一呼吸入れて、正直に応じた。

「それで、今度は大杉さんたちに星名教授を、取材してもらうことにしました。ヒロタは動かなくても、教授なら動きを見せるかもしれないと、そう思いましてね」

「それが、きょうのことね」

先を越され、しぶしぶ認める。

「そうです。教授はおそらく、取材の件を報告しにヒロタに会いに行く、と思ったんですがね。みごとに予想がはずれて、教授は荒金のところへ来たわけです。まあ、それも一応は、想定内でしたけど」

美希は少し、間をおいた。

「ただ、星名教授が取材を受けたことと、荒金に会いに行ったことのあいだに、因果関係があるとは断定できないわよね」

車田は、唇を引き結んだ。

まったく、手ごわい女だ。

「断定はできないですけど、ただの偶然とは思えないでしょう」

美希が続ける。

「大杉さんたちが、ヒロタを取材したのは、正確にはいつなの」

車田は答えなかった。

めぐみも答えなかった。

美希がまた、口を開く。

「二人とも、そんなに肩肘を張らなくても、いいじゃないの」

車田は、苦笑した。

「ええと、三日前です。おっしゃるとおり、さすがの大杉さんもＯＳＲＡＤの助成金で、星名教授がどんな研究を行なっているかまでは、聞き出せなかったそうです」

すなおに認めると、美希はまた含み笑いをした。

「当然でしょう。とにかく、これから大杉さんたちに会って、きょうの取材の結果を聞いたらいいわ。星名教授の方は、このあとわたしが引き受けるから。それじゃ」

そう言い捨てると、美希は唐突にドアをあけた。

外に出てドアをしめ、自分の車に向かう。

挨拶をする余裕もなく、車田はあっけにとられたまま、バックミラーでその後ろ姿を、目で追った。

美希は、自分の車の中に、姿を消した。

ほっとしたような、それでいてなんとなく居心地の悪い、妙な気分になる。

少しの沈黙のあと、めぐみがぎこちなく言った。

「どうしますか」

車田は、ひとしきり考えを巡らしてから、ため息をついて言った。

「引き上げるとするか。星名は、ここに長居するかもしれないけど、出て来たらいつものように、自宅へもどるだろう。どっちにしても、倉木警視に任せておけばいいさ。引き受ける、と言ったんだからな」

星名の自宅が、港区高輪《たかなわ》三丁目のマンション〈スペリオル高輪〉の、四〇六号室だということは、すでに確認ずみだった。

ちなみに、ヒロタの住まいも同じ港区の白金台《しろかねだい》四丁目の、〈クレアドル白金〉の一〇〇一号室、と調べがついている。

二人のマンションは、目と鼻の先の距離とはいえぬまでも、道のりにして一キロ少々しかない。

ここ、荒金の〈ビラ明石〉がある勝鬨橋付近も、二人の住まいからさほど遠くない。偶然かどうかは別として、三人とも比較的行き来のしやすい場所に、住んでいるわけだ。

めぐみが、思い出したようにペットボトルをあけ、水を飲んだ。

息をついて言う。

「それじゃ、父と落ち合ってきょうの取材の結果を、聞くことにしますか」

「ああ、そうしよう。京橋の、〈鍵屋〉とかいうバーだ、と言ったよね」

「ええ。いつ行っても、ほとんど貸し切り状態の店なので、話がしやすいんです。念のため、父に電話してみます」

めぐみは、ペットボトルに蓋をして、スマートフォンを取り出した。

その通話の内容からすると、平庭次郎も大杉と一緒にいるらしく、どこか別の場所で食事中のようだった。

通話を切って、めぐみが言う。

「銀座の、なじみのトンカツ屋に、いるんですって。わたしたちも、どこかで腹ごしらえをしてから、京橋へ回りませんか」

「そうしよう。おれも銀座に一軒、うまいトンカツ屋を知ってるんだ。たぶん、大杉さんとは別の店だ、と思う。よければ、案内するよ」

めぐみは笑った。

「別に、父とバッティングしたって、かまいませんけど」

車田はエンジンをかけ、ヘッドライトを点灯した。

挨拶がわりに、後ろの車へブレーキランプを点滅させてみせ、アクセルを踏む。

最初の角を左折し、銀座へ向かいながら、車田は言った。

「倉木警視が、荒金のマンションを見張っていたのは、偶然だよな。おれたちのあとを、つけて来たわけじゃないよな」

「もちろん、偶然でしょう。現場に来たのは、あちらが先ですから」

「だよな。しかし、公共安全局って、相手が在日三世というだけで、だれかれかまわず、監視対象にするのかな。外事課でもあるまいし。天下国家の、安全保障問題と取り組む、もっと高度の専門機関か、と思ったけどな」

「倉木警視が、ほんとうのことだけを言っている、とはかぎらないでしょう。わたしの父と同じか、ひょっとするとその上をいく、悪知恵の働く人だから」

悪知恵という表現に、つい笑ってしまう。

車田は、銀座の地下駐車場に車を入れ、ルイ・ヴィトンの裏の路地にあるトンカツ屋、〈不二《ふじ》〉にめぐみを案内した。

幸か不幸か、大杉たちの姿は見えなかった。

＊

「どうして、残間龍之輔を殺さなかったのさ。せっかくの、チャンスだったのに」

「残間を殺すのは、いつでもできるよ」

「そうかな。これからは、もっと警戒を強めるだろうし、二度とチャンスは巡ってこないかも」

「チャンスは、作るものだ。巡ってくるものじゃないよ」

「あの原稿を、新聞に掲載しなかったら残間を殺す、とはっきり予告してやった。載せなければ、ほかのメディアにも送りつける、と威《おど》しもしたよね。それでも、東都ヘラルドはかたくなに、沈黙を守りとおしたんだ」

「そう。あれほど、根性のない新聞社だとは、考えもしなかった」

「やはり残間を殺して、思い知らせてやるべきだったんじゃないかな」

「予告どおり、同じ原稿をほかの新聞社やテレビ局に、送りつけたらよかったかもね」

「送りつけても、むだだったと思う。現に、残間が何日も消息を絶ったことすら、どのメディアも詳しい報道を、避けたじゃないの」

「そうだね。まるで残間が、夢遊病にかかってどこかをさまよい歩いたあと、知らぬ間に茂田井早智子《さちこ》の殺人現場に転がっていた、といわぬばかりだった」

「新聞もテレビも、そうなるにいたったいきさつや背景を、いっさい報道しようとしなかった。民政党による言論統制は、思った以上に徹底してるようだね」

「そろそろ、次に百舌の羽根を残す相手を、考えた方がよさそうだ」

「そうだね。いちばん、手間がかからない相手は、だれだろう」

「それはやはり、残間じゃないかな。命が助かったばかりだし、すぐにまたねらわれるとは、思わないだろうからね」

30

例によって、〈鍵屋〉はすいていた。

というより、客は大杉良太と平庭次郎の、二人だけだった。

二人は、一つしかないボックス席で、ブルーのカクテルを飲んでいた。

例の、黒革のベストを着たバーテンダーが、勝手に作ってくれたカクテルだった。

ジンベースだということ以外に、何がはいっているのか分からず、名前も知らない。

半分ほど飲んだとき、ドアがあいてめぐみと車田聖士郎が、はいって来た。

めぐみが、バーテンダーを見て言う。

「準備中の札が出てましたけど、いいんですか」

バーテンダーは、にこりともせずに答えた。

「いいんです。変なお客さんが、はいって来ないようにするための、お守りですから」

大杉は、手を上げるだけにとどめたが、平庭は律義に立ち上がって、二人に挨拶した。

三日前、大杉と二人でケント・ヒロタを取材したあと、平庭は近くでめぐみと待機していた車田と、すでに名刺を交換している。

そのあと、四人は車田の運転する車に乗り、新橋《しんばし》へ回ったのだった。

ホテルで食事をしながら、大杉と平庭はヒロタへの取材の結果を、かいつまんで報告した。

ヒロタのしたたかな対応で、所期の目的を果たせなかったことが分かっても、車田はさして失望した様子を見せなかった。ヒロタに、探りのジャブを入れたことで、なんらかの動きが出ればよい、という考えだったようだ。

ただ、その後二日間ヒロタに目立った動きは、認められなかったらしい。

そこでこの日、あらためて大杉と平庭に協力を依頼し、星名重富に搦め手から揺さぶりをかけた、という次第なのだ。

席についた車田が、大杉と平庭を交互に見ながら、ぎこちなく言う。

「立て続けに、いろいろとめんどうなことをお願いして、申し訳ありません」

その、いかにも殊勝げな態度を見て、大杉は急にいやみを言いたくなった。

「気にしなくていいよ。おれは、自分の娘に手を貸しているだけだし、平庭君はスクープをほしがってるだけだからな」

平庭は、めぐみと顔を見合わせて苦笑し、車田は力なく笑った。

めぐみと車田はバーテンダーに、何かアルコール抜きのカクテルを作ってほしい、と頼んだ。

バーテンダーは、声を出さずに人差し指を立てて、注文に応じた。

めぐみが、大杉を見る。

「きょうのトンカツは、〈とん㐂《き》〉でしょう」

図星だったので、大杉はめぐみを見返した。

「どうして分かった」

「わたしたち、〈不二〉に行ったの。そうしたら、姿が見えなかったから」

それでなんとなく、座の雰囲気がなごんだ。

バーテンダーが、じゃまにならない程度のボリュームで、ジャズ・ボーカルのＣＤを流す。

車田は、ほぼ同世代と思われる平庭が、髪を銀色に染めているのをちらちら見て、うらやましげな顔をした。平庭が身につけたシャツも、昔では考えられない柄物だ。

当の車田は、多少肘などによれが出ているものの、きちんとした紺の三つぞろいを着ている。いくら、昔と比べて警察が開けたにせよ、平庭のような格好はできないだろう。

めぐみは、相変わらずのチャコールグレイのスーツで、就職活動中の女子大生という装いだ。

注文のカクテルがくる。

ブルーの色合いが、大杉と平庭のカクテルと、まったく同じだった。

乾杯してから、めぐみが恐るおそるという感じで、グラスに口をつける。

それから、ほっとしたように、頬を緩めた。

「なんだか知らないけど、甘くておいしいわ」

車田もうなずき、それに同意した。

しかし、すぐに表情を引き締め、切り口上で言う。

「実はこちらからも、いくつかご報告したいことがあります。とりあえず、そちらの方からきょうの、星名教授への取材結果について、お話を聞かせていただけますか」

大杉は、平庭にうなずいてみせ、話をするよう促した。

平庭は、取材中にメモを取る習慣がない、とみえる。ヒロタのときも、その場ではいっさいメモを、取らなかった。

この日も、星名重富が店を出て行ったあと、同じテーブルで記憶をたどりながら、ノートを作り始めた。

見るともなく見ていると、まるで速記録を書き起こしたような、綿密なリポートがたちまちのうちに、でき上がった。平庭の記憶力と整理能力には、しんから感服させられるものがある。
　そのノートを見ながら、平庭は星名の発言をほぼ忠実に再現し、車田たちに説明した。
話が終わると、めぐみも車田も言葉を失ったように、ボックスの背にもたれた。報告
の内容よりも、平庭の報告のスタイルそのものに、感銘を受けたようだった。
　車田が、われに返ったように咳払いして、口を開く。
「星名教授が、刺身包丁が殺人の凶器になりうる、というたとえを引いたそうですが、
このあいだのＯＳＲＡＤの取材のときも、ヒロタが同じようなことを言った、というお
話でしたよね」
　大杉はうなずいた。
「それはおれも、気がついた。たぶんヒロタが、助成金を出している研究者たち全員に、
そのたとえを教え込んだんじゃないかな」
　車田も、うなずき返す。
「ええ、わたしもそう思います。星名教授の対応を聞くかぎり、受給者が外部、ことに
マスコミにぼろを出さないように、ヒロタは徹底的に対応法を教えている、という印象
を受けますね」
　四人とも、同じカクテルをお代わりして、話を続ける。
　大杉は言った。
「そんな次第で、おれたちの方は星名教授のしっぽを、つかみそこねたわけだ。さっき、

そっちにも何か報告事項がある、と言ったな。そいつを、聞かせてくれないか」

めぐみは目を伏せ、車田に任せるようなしぐさをした。

車田が口を開く。

「星名教授が、一度大学へもどったあとまた出て来て、築地の荒金のマンションへ行ったことまでは、ご存じですよね」

「ああ、それはめぐみから、電話で聞いた。結局、そのあとを見届けずに、引き上げたわけだろう」

「ええ。これまで、星名教授が荒金を訪ねたあと、一緒に外へ出て来たことはないし、教授はいつも自宅へ直帰しています」

「しかし、今回もそうだとは、限らんぞ」

車田はちょっとためらい、口調を変えて続けた。

「あのあとどこかへ回るとすれば、ヒロタと落ち合う可能性がある、という気はしていました。それを見届けなかったのは、実は理由がありまして」

「どんな理由だ」

「われわれが、荒金のマンションの前で待機を始めたとき、少し後ろに別の車が停まっているのに、気がつきましてね。なんとなく、いやな感じがしていたんですが、やがてそこから人がおりて来て、こちらの車の窓をこつこつ、と叩きました」

先が読めず、大杉は少しいらいらしながら、話の続きを待った。

車田が続ける。

「だれかと思ったら、倉木警視でした」

「倉木警視」

おうむ返しに言って、大杉は言葉を失った。

「そうです。警視は、こちらの車に乗り込んで来て、思いがけない話をしました」

「どんな」

車田は、グラスにかたちばかり口をつけ、おもむろに言った。

「この件は、かなりの極秘事項らしいんです。そのためか、大杉さんにも話してはいけないと、わたしだけでなくめぐみさんにまで、釘《くぎ》を刺してきましてね。話す必要があるときは、自分で話すとおっしゃいました」

めぐみが、ぐいと口元を引き締める。

いかにも、不本意だという気持ちが、表われていた。

大杉は、せせら笑った。

「心配しなくていい。どうせおれの耳に届くだろうと、承知の上で言ったのさ」

車田は、軽く肩をすくめた。

「それじゃ、聞かなかったことにしてください。警視からその話が出たときは、初めて聞くような顔をしていただかないと」

「分かった、分かった。早く話してくれ」

車田によると、倉木美希は別の角度から荒金武司に、〈公共安全保障上の疑惑〉があるとして、監視を行なっているらしい。

武器輸出三原則が、防衛装備移転三原則に改定されたあと、武器製造や機械部品製造のメーカーや、そうした製品を扱う貿易商社などが、新たな動きを見せている。

その中で、荒金が社長を務める三省興発に不審な動きがあり、美希が単独で監視を続けているらしい、というのだった。

大杉はため息をつき、ボックスの背にもたれた。

「それだけのことか。もったいぶるほどの機密とは、とても思えないな」

めぐみが口を開く。

「でも、荒金社長が在日三世で、両親が北朝鮮に健在だとしたら、どことなくきな臭いにおいが、するでしょう」

黙っていた平庭が、初めて身を乗り出した。

「その程度のことで、倉木警視が単独で張り込みをするとは、考えられませんね。ほかにもまだ、車田さんたちに話していないことが、たくさんあるような気がするな」

大杉は背筋を伸ばし、腕を組んだ。

「おれも、同意見だな。今度会ったら、水を向けてみるよ。もっとしゃべるかもしれん」

平庭が、大杉を見る。

「どうでしょうね、大杉さん。ヒロタも星名教授も、わたしたちの取材にのらりくらりとして、しっぽを出さなかった。こうなったら、いっそその荒金社長とやらにも、取材をかけてみませんか」

一瞬、あたりがしんとなった。

車田とめぐみが、目を見交わしている。

大杉は腕を組んだまま、少しのあいだ考えを巡らした。

腕を解いて言う。

「うん、悪くない考えだ。毒を食らわばなんとやら、というやつだな」

そのとき、携帯電話の着信音が軽く、あたりに流れた。

みんなが、反射的にポケットを探る。

鳴ったのは、平庭の携帯電話だ、と分かった。

平庭は、応答しながら席を立ち、店を出て行った。

二分後にもどって来た平庭の顔は、死人でも見たようにこわばっていた。

31

伊沢茂則《いざわしげのり》は、ウイスキーに口をつけた。

実に退屈な任務だが、社長の命令とあればしかたがない。

首都警備保障の社長、稲垣志郎《いながきしろう》は元警察庁特別監察官室の室長で、政府と警察筋に強力な人脈を持つ。

以前、稲垣の下には第一警備部長の大角大介《おおかどだいすけ》、警備主任の御室三四郎《みむろさんしろう》といった、優秀なスタッフがいた。

しかし二人とも、一年半ほど前の未解決事件に関わり、殺されてしまった。

当時伊沢は、ここ民政党幹事長の三重島茂の別邸で、警備の仕事についていた。そのさなかに、事件が発生したのだ。

警察への通報より早く、伊沢は御室のひそかな指示を受けて、変死した大角の死体を車で運び出し、世田谷の祖師谷《そしがや》公園に遺棄した。

御室の命令は絶対だったし、御室が死んだ大角のあとを引き継ぎ、警備部長を拝命した暁には、自分が警備主任のポストにつくことになる、という望みがあった。

ところが、肝腎の御室までが殺され、先が見えなくなってしまった。

結局伊沢は、さすがに警備部長とまではいかなかったものの、望みどおり警備主任に昇進した。

その後、事件現場になった三重島の別邸から、北府中《きたふちゅう》警察署の警備担当は早々に引き上げ、現在の管理と警備は首都警備保障が、引き受けている。三重島、稲垣のラインで、そうなったことは、明らかだった。

伊沢は、稲垣からその総合管理業務の担当主任を、命じられたのだ。

事件が起こるまで、警備員は常時四名が別棟の詰所を拠点に、二人ずつ交替で邸内の巡回警備を、行なっていた。

しかし、事件から日がたった今は二人しか詰めておらず、巡回は一人ずつになってしまった。警備の仕事で、単独の巡回は好ましいことではないが、それが社長の稲垣の指示とあっては、文句の言いようがない。

稲垣は稲垣で、おそらく屋敷の所有者の三重島から、そうするように指示を受けたのだろう。それには何かしら、わけがあるに違いない。

自分の番がくると、伊沢はひととおり庭を巡回するが、すぐには別棟にもどらない。裏口の合鍵を使い、本棟のリビングルームにもぐり込んで、しばらくのあいだくつろぐのだ。八十インチの大型テレビがあり、高級な銘柄もののウイスキーや、ブランデーが飲み放題となれば、ほうっておく手はない。

どうせ、屋敷にはだれも住んでいないし、どんな高級な酒でもほうっておけば、味が落ちるだけだ。胃の中に入れた方が、むだにならずにすむ。酔っ払いさえしなければ、それくらいの役得にあずかっても、ばちは当たらないだろう。

ことに、冬の訪れが近い晩秋のこの季節には、体を温めるガソリンが必要だ。

たっぷり二時間は、余裕がある。

ソファに体を預け、気晴らしに深夜番組でも見ようと、テレビのリモコンに手を伸ばした。

そのとき、壁に取りつけられた液晶モニターの一つが、ぱっと明るくなった。

伊沢は、ぎくりとして反射的に立ち上がり、モニターの前に移動した。

邸内には、要所要所に複数の監視カメラが、設置されている。人や動物など、動くものが視界にはいったり、施錠された門や出入り口が開いたりすると、自動的に明かりがつくとともに、モニターが作動するのだ。

作動したのは、邸内のガレージにつながる通用門を映す、監視カメラだった。

その通用門は、表門からだいぶ離れた横手の塀に位置し、もっぱら車の出入りに使われる。現在出入りするのは、首都警備保障の警備車両くらいのものだ。

てっぺんに、鉄条網が張り巡らされた高い塀の一部に、頑丈な鉄柵の門が取りつけられている。

その鉄柵が、ゆっくりと内側に開くのを見て、伊沢は生唾をのんだ。

開き終わると、黒い車がゆっくりとはいって来る。

ヘッドライトは消されており、補助ランプだけが点灯している。車内も真っ暗だった。

監視カメラには、集音マイクがついていないから、音は何も聞こえない。生の音も届いてこないのは、ハイブリッド車だからかもしれない。

伊沢は、急いでテレビを消した。

酒のボトルと、一口しか飲んでいないグラスをそのまま、サイドボードにもどす。

あの鉄柵を、遠隔操作するリモコンを持つ者は、限られている。というより、伊沢たち警備担当スタッフを別にすれば、一人しかいないはずだ。

まさかと思いながら、急いで裏口から庭へ出た。

建物に沿って、ガレージに向かう。フラッシュライトは、つけなかった。

むろん、拳銃などの飛び道具は、所持していない。武器といえば、ポリカーボネイト製の警棒と、スタンガンくらいのものだ。用心のために、強靱《きょうじん》な防刃ベストだけは、身につけている。

通用門から、ガレージにつながるコンクリートの車道に、車の影はなかった。

すでに、ガレージのシャッターが静かに上がり、車が中にすべり込もうとしている。

思ったとおり、ハイブリッド車だった。

ガレージは、二台分のスペースがある。一つは、伊沢たちが本部から乗って来た、首都警備保障の車でふさがっている。

ハイブリッド車は、その隣に乗り入れた。ガレージのスペースはたっぷりあり、二台の車は一メートル以上離れている。

伊沢は、車道の縁の植え込みに隠れて、ガレージの中をうかがった。

車のランプがすべて消え、あたりが静寂に包まれる。

点灯していた、内部の薄暗い自動照明の下に、運転席からおりる人影が浮かんだ。

薄手の、濃紺のスカーフで顔と頭をくるんだ、華奢《きゃしゃ》な体つきの人影だ。

女だ、と直感する。

ガレージから出て来ると、女はくぐもった声で言った。

「植え込みの陰に、いるのでしょう。さっさと、出ていらっしゃい」

伊沢は、汗ばんだ手を握り締め、ためらった。さすがに、勘のいい女だ。

ともかく、見つかってしまった以上は、隠れていてもしかたがない。

陰から出て、車道に上がる。

女は続けた。

「あなた、あのとき御室の指示で、死んだ大角を祖師谷公園へ、捨てに行った人ね」

前触れなしに言われて、さすがにぎくりとする。

動揺したせいで、返事ができなかった。

「隠してもだめ。分かっているのよ。だから、今夜も警備のローテーションを調べて、あなたの担当の日を選んだの」

それでも、伊沢は返事をしなかった。

相手がだれであれ、そう、たとえかつての雇い主であっても、自分の弱みを認めるわけにはいかない。

スカーフで、顔の大半がおおわれている上に、ガレージの明かりが逆光になってまぶしく、女の表情は分からなかった。

声には確かに、聞き覚えがある。

この女は、先日の茂田井滋《しげる》殺害事件のあと、重要参考人の一人として警察に、行方を捜されているのではなかったか。

　別邸の警備を仰せつかったとき、稲垣がそんなことをちらりと漏らしたのを、覚えている。なぜか新聞でもテレビでも、ほとんど報道されなかったことだ。

「返事はしなくていいわ」

　女は、そう言って後ろへ向き直り、車のトランクを開いた。

「そばに来て、中をのぞいてごらんなさい」

　言葉遣いはていねいだが、いやとは言わせぬ語調だった。

　伊沢は、緊張しながら車道を歩いて、ガレージに近づいた。

　トランクは、上がったフードの陰になって光が当たらず、中がよく見えなかった。

　女が、小型のＬＥＤライトを点灯して、中を照らす。

　ライトはすぐに消されたが、そこに横向きに押し込まれていたのは、カーキ色のトレンチコートにくるまれた、人間の体のようだった。

　さすがに驚いて、上体を引く。

　女が言った。

「これをそちらの、あなたたちが乗って来た警備車両に、移し替えてちょうだい。それからその車で、またどこかに捨てて来てほしいの。できるだけ、見つかりにくい場所にね」

　それを聞いて伊沢は、ようやく声を絞り出した。

「死んでるんですか。だれですか、これは」

「最初の答えは、イエス。二番目は、知らない方があなたの身のためよ」

伊沢が口をつぐむと、女は続けた。

「断わるわけには、いかないわよ。もし断わったら、あなたが大角の死体を祖師谷公園に捨てた張本人だと、警察に通報するわ。場合によっては、殺したのもあなただということに、なりかねないわね。そのつもりでいなさい」

拳を握り締める。

今こそ、はっきりした。

だれが大角を殺したにせよ、この女が御室に死体の処理を指示したことは、間違いあるまい。御室は、その始末を部下の自分に、押しつけただけなのだ。

したがって、死体遺棄の一件を警察に通報すれば、この女自身もただではすまないだろう。

そう指摘しようとして、伊沢は思いとどまった。

この女には、民政党幹事長の三重島茂という、強力な後ろ盾がついている。そのため、警察の捜査に力がはいらず、いまだに捕捉されずにいるのだ。

それにひきかえ、伊沢は若い妻と二歳になる娘を持つ、無力な一市民にすぎない。いくら抵抗しても、かなう相手ではなかった。

断わることなど、できるわけがない。

せいぜい、稲垣にこのことを報告して秘密を共有させ、保険をかけるしかなさそうだ。

伊沢は肚を据え、口を開いた。

「分かりました。ただ、交替の時間まで一時間ちょっとしかないので、あまり遠くまでは行けませんよ」

あとのことを考えると、そう念を押しておかなければならない。

「多磨霊園《たまれいえん》が、近いわね」

女が、軽い口調で言い返したので、伊沢は顎を引いた。

いくら墓地でも、そこへ死体を捨てに行けとほのめかすのは、冗談がすぎるというものだ。

しかし、女はおかまいなしに開いたトランクに、顎をしゃくった。

「通用門のリモコンは、持っているわよね」

「はい」

御室の下で、この屋敷の警備にたずさわっていたころから、この女の横柄な物言いは変わらない。

非公開とはいえ、自分が容疑者手配の対象になっていることなど、気にもしていないようだった。

伊沢は、覚悟を決めてガレージにはいり、ハイブリッド車から警備車両のトランクへ、死体を移した。

大きくて、とてつもなく重い死体だった。伊沢自身、かなり体格のいい方だが、移し替えるだけで汗をかいた。顔はもちろん、死体にはいっさい目を向けず、包んだトレンチコートだけ、見ていた。

重さや、コート越しの感触からして、男だということだけは、見当がついた。

五分後、多磨霊園へ向かって車を走らせながら、死体の運び屋になり下がった自分に、つくづく愛想が尽きた。

さらに四十分後。

作業を終えた伊沢は、別邸にもどって車をガレージに入れた。

ハイブリッド車は、いなくなっていた。

少し落ち着き、作業に手落ちがなかったかどうか、思い返してみる。

さすがに、多磨霊園には足を踏み入れなかったが、西側にけっこう高い山を擁する、公園があった。

そこへ、トレンチコートに包まれた死体をかつぎ上げ、崖下のくぼみに落とし込んだ。死体はますます、重さを増したようだった。

フラッシュライト一つが頼りで、その崖下が見つかりにくい場所かどうか、しかとは分からなかった。

近くの茂みから、小枝を折れるかぎり折り取って、死体の上に投げ落とした。

そんなことをしても、発見を遅らせられるかどうかあやしいもので、ほんの気休めでしかなかった。

作業が終わるころには、いいかげん汗だくになり、息が切れてしまった。

車にもどったとき、初めて体に震えがきた。

運転しているあいだ、ハンドルを持つ手ががくがく揺れて、よくどこへもぶつけなかったものだと、自分でも感心したほどだ。

大角を遺棄したときは、おそらく緊張していたせいもあるだろうが、これほどまでは焦らなかった。

シャッターをおろす前に、ガレージの明かりで体を点検する。

幸い、制服がいくらか土で汚れているだけで、血痕らしきものは見当たらなかった。死体からは、ほとんど出血がなかったようだ。

靴はさすがに、土だらけだった。

運転席の床も、ガレージの床もその土がつき、汚れていた。

交替時間までに制服の汚れを落とし、車とガレージを掃除しなければならない。

詰所にスペアが置いてあるので、土だらけの靴と革手袋はごみの焼却炉に隠し、あらためて処分しよう。

シャッターをおろしたあと、伊沢はそれとなく周囲の闇を見回した。

そのあたりに、人の気配はなかった。ハイブリッド車が消えた以上、女はそれに乗って姿を消した、とみてよい。

念のため、フラッシュライトで照らしてみたが、やはりだれもいない。

そうと分かると、初めて肩の力が抜けた。

どちらにせよ交替まで、わずかな時間しか残っていない。

詰所へもどろうと、車道から植え込みのあいだを抜け、別棟の方へ歩きだした。

そのとき、突然首筋に鋭い衝撃を感じて、声を上げようとした。

しかし声は出ず、伊沢はそのまま深い闇の中に、落ち込んで行った。

32

大杉良太は、平庭次郎の顔をじっと見た。

平庭は、携帯電話を右手に握り締めたまま、ドアを背に立ち尽くしている。こわばった顔に、血の気がなかった。

大杉は、いやな予感にとらわれた。

何か言おうとしても、舌が引きつって動かない。なぜか、思ったより冷静だったが、喉がからからだった。

車田聖士郎も、黙ったままでいる。

最初に口を開いたのは、めぐみだった。

「何か、事件ですか」

それを聞くと、平庭の喉が大きく動き、こわばった口元が震えた。

氷の上を歩くような足取りで、ボックス席にもどって来る。

大杉の隣にすわると、かすれた声を絞り出した。

「残間さんとまた、連絡がとれなくなりました」

一瞬、〈鍵屋〉の空気が凍りつく。

半ば、そうした事態を予測していた大杉は、さほど驚きは感じなかった。

いや、もっと悪いことを覚悟していたので、むしろほっとしたほどだ。

残間龍之輔は、別に死体となって発見されたわけではなく、連絡がとれなくなっただけなのだ。

ショックを受けながらも、大杉はそれを外へ出さずにおくだけの、自制心を失わなかった。

ようやく、言葉を絞り出す。

「連絡がとれないとは、千葉の実家からいなくなった、という意味か」

「そうです」

平庭の返事に、大杉はため息をついた。

玉川瀬田病院を退院したあと、残間は板橋《いたばし》区のマンションにはもどらず、千葉市に住む両親の家に、身を寄せていた。

茂田井早智子の殺害現場で、残間はまぶたを縫い合わされた状態で、発見された。

衰弱していたものの、命に別状はなかった。だれが犯人にせよ、殺そうとすれば容易に殺せたにもかかわらず、残間は生きたまま解放されたのだ。

そうした経緯もあり、千葉市の実家には護衛らしきものが、つけられなかった。ただ、朝晩二回千葉県警の警備部の刑事が、様子を見に立ち寄るだけだ、と聞いている。

平庭は、沈痛な面持ちで言った。

「一時間ほど前、千葉県警からうちの社会部長の佐々木に、問い合わせがあったそうなんです。残間さんはけさ、県警の刑事が様子を見に立ち寄ったあと、ほどなく外出したらしい。ご両親には、ケータイに佐々木部長から連絡があって、急遽《きゆうきよ》出社するように要請された。ただし、夕方にはもどって来ると言い置いて、家を出たという話でした」

「すると、今の電話は、佐々木部長からか」

大杉の問いに、平庭はうなずいた。

「県警の刑事が、夕方実家に様子を見に立ち寄ったとき、残間さんが会社に呼び出されたことを、ご両親が話したそうです。それで、刑事が佐々木部長に電話で問い合わせたところ、そうした事実がないことが分かった、というわけです」

車田が、口を出す。

「残間さんをさらうために、何者かが佐々木部長の名前をかたって、おびき出したということですかね」

大杉はあきれて、車田をにらんだ。

「残間が、部長の声を聞き分けられないなんて、ありえないだろう」

車田は鼻をこすり、気まずそうに口元を引き締めた。

めぐみが、あわてたそぶりで、助け舟を出す。

「残間さんは、ご両親を心配させまいとして、嘘をついたんでしょう。佐々木部長どころか、実際にだれかから電話があったかどうかも、分かりませんよね」

平庭がうなずく。

「そうですね。残間さんは、〈百舌〉にケータイを取り上げられたので、会社から新しいのが支給されていた。しかし、その番号は佐々木部長やわたし、それに大杉さんなど限られた人しか、教えられていない。佐々木部長が、刑事からの問い合わせのあと、その番号にかけてみたところ、なんの反応もなかったそうです。わたしも、たった今外で試してみましたが、同じでした。ケータイを壊されたか、水の中へでも捨てられたんじゃないかな」

また、店内がしんとする。

バーテンダーもそれとなく、グラスを磨く手を休めた。

低く流れていた、古いアメリカン・ポップスの音量が、急に大きくなったように感じられる。

車田が、恐るおそるという感じで、また何か言おうとした。

それを察したように、すばやくめぐみが口を開く。

「だれかが、残間さんを呼び出したとしても、〈百舌〉じゃありませんよね。もう一度、呼び出すくらいなら、最初から生かしたまま解放したりは、しないでしょう」

大杉はグラスをあけ、あえて反論した。

「それは、分からんぞ。まぶたを縫い合わせて、一応警告したことを明らかにした上で、あらためて残間に引導を渡そう、という気かもしれん」

車田が、がまんできないという様子で、割り込んでくる。

「〈百舌〉が、そんなリスクを伴う手間仕事を、二度も繰り返しますかね」

「そう思わせて、こちらの油断を誘うのがねらいだった、とも考えられる。現に、千葉県警は残間の実家を、警備の対象にしていなかった。朝晩、様子を見に行くだけでな」

平庭が、ため息をついて言った。

「そうですね。警備がついていたら、外出しようとする残間さんを止めるか、あるいは同行すると申し出るか、少なくとも尾行するくらいのことは、したと思います」

「残間の、新しいケータイ番号を教えられた者は、限られてるんだろう」

大杉が聞くと、平庭はむずかしい顔をした。

「そのはずです。社内を除く外部の人間では、大杉さんと倉木警視と」

そこで言葉を切り、めぐみと車田に目を向ける。

めぐみが応じた。

「それくらいじゃないかしら。わたしたちは、教えられていません」

大杉は、平庭を見た。

「残間の方は、あんたの番号を登録しただろうな」

「ええ。社のおもだった連中、それに大杉さんと倉木警視の番号も、わたしが教えて登録させました」

「実際に、残間のケータイにかけたやつがいるとすれば、少なくとも新しい番号を知ってるやつだな」

大杉が決めつけると、車田はすかさず言った。

「だとすれば、〈百舌〉でないことは確かですね」

負けずに、めぐみが口を出す。

「〈百舌〉につながるだれか、ということは考えられないかしら。たとえば、わたしたちは知らされなかったけれど、警察の関係者で番号を教えられた人が、いるかもしれないでしょう」

大杉はうなずいた。

「そのとおりだ。警察関係者から、たとえば首都警備保障の稲垣に伝わり、稲垣からさらに三重島茂に報告が届く、という可能性もなくはない。そうした筋を通じて、〈百舌〉自身に情報が流出した恐れは、十分にある」

車田が、テーブルに身を乗り出す。

「かりに、〈百舌〉が呼び出しをかけてきたとしても、残間さんが大杉さんや平庭さんに何も言わずに、のこのこ会いに行くなんてことは、考えられないでしょう」

大杉は、腕を組んだ。

それだけは、車田の言うとおりだ、と思いたい。

いくら、残間が復讐《ふくしゆう》の念に燃えていたとしても、たった一人でまたも危地におもむく、などというむちゃはしないはずだ。

いや、百歩譲って呼び出しに応じたにせよ、二度も続けて苦もなく敵の手中に落ちる、とは考えられない。

考え込んでいた平庭が、吹っ切れたような口調で言う。

「自分一人の考えにせよ、だれかにこっそり呼び出されたにせよ、残間さんが実家からいなくなったのは、何か特ダネのにおいをかぎつけたからだ、と思います。残間さんは、根っからのブン屋ですから、人並み以上に嗅覚が鋭い。いいネタをつかんだら、だれにも知らせずに一人で動く、という習性が身に染みついてるんです」

その指摘には、説得力があった。

これまでのことを考えても、残間は大杉にこそ何も隠さなかったが、社に対してはほとんど報告もせず、単独行動をとることが多かった。話の端ばしから、そうした残間独自のやり方が、うかがわれたものだった。

それはそれとして、今度ばかりは大杉に相談も報告もなく、一人で動き始めた可能性がある。だとすれば、よほどの事情があったのだろう。

そう思うしかない。

大杉は腕組みを解き、希望的観測を口にした。

「連絡がとれないといっても、とりあえずはきょう一日のことだろう。あしたになれば、残間がひょっこり帰宅することも、あるかもしれん。あるいは、なんらかの方法で平庭君か、おれに連絡してくる可能性も、なくはないだろう。もう少し、様子を見ようじゃないか」

平庭がうなずく。

「そうですね。ここで、ああだこうだと議論していても、始まらない。当面、車田警部補とめぐみさんの、内偵捜査のお手伝いは、凍結させてください」

車田はすぐに、うなずき返した。

「分かりました。今回の、わたしたちの案件と倉木警視の案件は、ターゲットが重なっているようです。したがって、必要があれば警視とわたしたちで、共同戦線を張ります。お二人はどうぞ、残間さんの所在を突きとめる方に、全力を尽くしてください」

それに合わせて、めぐみも軽く頭を下げる。

初めて車田が、まともなことを言ったような気がして、大杉はめぐみにこっそりウインクした。

めぐみはにこりともせず、大杉に言った。

「残間さんのことも心配だけど、お父さんも〈百舌〉の標的になる可能性が、大いにあると思うの。油断しないでね」

車田が付け足す。

「東坊君の言うとおりです。大杉さんは、残間さんよりずっと長く、深く、〈百舌〉の事件と関わってこられた。それだけ、〈百舌〉の標的になりやすいでしょう」

めぐみは、さらに続けた。

「その意味では、倉木警視も一緒よね。お父さんから、くれぐれも身辺に気をつけるように、言ってあげてください」

人前で、めぐみから〈お父さん〉などと、めったにない呼び方をされて、大杉は柄にもなくたじろいだ。

そのとき、また携帯電話の着信音が、低く流れた。

全員がはっとして、背筋を伸ばす。

一瞬、視線が平庭に集まったものの、ジャケットに手を突っ込んだのは、車田だった。

33

星名重富が、荒金武司のマンションから、出て来た。

車道におりて、タクシーを探すそぶりを見せたが、あいにく空車が通らない。

空車を待つあいだ、星名は携帯電話を取り出して操作し、だれかと話し始めた。

倉木美希はシートベルトをしたまま、車内灯を消した状態で腰を前へずらした。

星名の上半身が視野に残る、ぎりぎりの位置まで体勢を低くする。

東坊めぐみと車田聖士郎の話から、星名が荒金の部屋を訪れていたことは、疑う余地がなさそうだ。

星名の存在は、これまで内偵の網にかからなかったが、めぐみたちと出くわしたおかげで、荒金とのあいだに接点のある人物だ、ということが確認された。

車田によれば、星名は栄覧大学情報工学部の教授で、ＡＩの技術開発については日本有数の権威、とされているらしい。

しかも、ケント・ヒロタを通じてＯＳＲＡＤ（戦略研究開発事務局）から、研究助成金を受けているという。

むろん、ＯＳＲＡＤもケント・ヒロタの名も、公共安全局のチェックリストに、含まれている。ただ、今のところ監視対象リストに上がるまでには、いたっていない。

しかし、今後の展開によっては、検討する必要が出てくるだろう。

いずれにしても、その星名が荒金と接触しているとすれば、放置してはおけない。

すでに、めぐみと車田の車がいなくなってから、一時間以上過ぎている。

そのあいだ、星名と荒金が単に酒を飲んで、よもやま話をしていただけ、とは思われない。よほど、込み入った話があったに違いないのだ。

荒金との面談が終わったあと、星名がどこへ回るかチェックする必要がある。

むろん、まっすぐ帰宅するだけかもしれないが、住んでいる場所を突きとめられれば、むだにはならない。

そう思ったとき、星名が体を乗り出して手を上げるのが、街灯の明かりに映った。空車が来たらしい。

星名が乗り込み、タクシーが走りだす。

美希は体を起こして、車をスタートさせた。ただ、ほかの車の流れに紛れ込むまで、ヘッドライトはつけずにおく。

タクシーが行った先は、港区の白金台だった。

目黒《めぐろ》通りを右折し、直角に接する広い通りにはいってほどなく、星名はタクシーを捨てた。カーナビの表示によると、そこはプラチナ通りという名称で、直進すれば外苑西《がいえんにし》通りに、つながる場所のようだ。

星名は横断歩道を渡り、向かいの道にはいって行く。

通りは、中央分離帯のある広い道路だが、それほど車の行き来は激しくない。

通りに沿って、白い線で四角く仕切られた駐車スペースが、飛びとびに先まで続いている。

美希は、そのスペースの一つに駐車して、エンジンを切った。

車をおり、中央分離帯の切れ目をねらって、強引に通りを横切る。

小走りに駆け、星名がはいって行った道を、そっとのぞいた。

三十メートルほど先を、足ばやに歩いて行く星名の後ろ姿が、暗がりの中に見えた。

その先は、突き当たりになっており、右か左に曲がるしかないようだ。

そこを、星名が左へ曲がるのを見て、美希は人通りがないのを確かめ、駆けだした。

こういうときのために、ふだんから足音を立てずに走れる、平らなゴム底の靴をはいている。

曲がり角からのぞくと、星名が少し先の右側に建つ、白亜のマンションにはいるのが、かろうじて確認できた。

そばへ行って、建物を見上げる。

さほど大きくはないが、いかにも瀟洒《しょうしゃ》なマンションだ。なんとなく、大学教授が住むマンションとしては、似つかわしくない感じがした。価格やグレードというより、たたずまいやイメージの点で、だ。

車田に、星名の自宅がどこにあるのか、聞いておけばよかったと思う。もしここがそうなら、これ以上監視してもしかたがない。

イメージがそぐわないことが、どうにも気に入らなかった。確かめる必要がある。

めぐみたちは、あのあと大杉良太や平庭次郎と落ち合い、星名を取材した結果を聞いただろうか。

すでに聞き終わって、別れわかれになったかもしれないが、電話してみることにする。

車田が応答するまでに、なにがしかの時間がかかった。

しかも、ようやく電話に出てきた声が、妙に緊張している。

「倉木です。大杉さんたちとは、ちゃんと会ったの」

美希の問いに、車田はため息で答えた。

「ええ。会いました。というか、まだ一緒なんです」

「そう。わたしは今、星名教授のあとをつけて、港区の白金台に来たところ。教授は、プラチナ通りの裏手にある、白いこじゃれたマンションに、はいって行ったわ。ここが自宅なのかどうか、確かめようと思って電話したんだけど」

「違います。教授の自宅は、そこからわりと近い高輪三丁目の、スペリオル高輪というマンションの、四〇六号室です。白金台の方は、例のケント・ヒロタのマンションで、クレアドル白金、といいます」

車田の声は、うわずっていた。

ケント・ヒロタのマンションか。

どんな男か知らないが、流暢に英語を操る日系人だとすれば、なんとなくイメージが合う。

「部屋番号も、教えてくださる」

「一〇〇一号室です。十階の左端の部屋なので、下から見ても分かります」

道路の脇から見上げると、確かにそれとおぼしき部屋の窓から、明かりが漏れている。

　車田が続けた。

「わたしが知るかぎり、星名教授が荒金を訪ねたあとで、ヒロタの自宅に回ったのは、初めてですね。何か、だいじな話があるのかもしれない」

「きょうの取材で、大杉さんたちに突っ込んだ質問をされて、動揺したんじゃないかしら。それについては、二人から報告を受けたんでしょう」

「一応受けましたが、そのかぎりでは星名教授はヒロタと同じで、しっぽをつかませなかったようです。別件で、二人のあいだに何か重要な相談が、あったんじゃないですかね」

「そうかもしれないわ。あなたたちがいなくなったあと、教授が荒金のマンションから出て来るまで、かなり時間がかかったしね」

　美希が応じたとき、何かがこすれるような雑音が聞こえ、ぶっきらぼうな声が割り込んできた。

「大杉だ。だいじな話がある。そっちが一段落したら、どんなに遅くなってもいいから、ケータイに連絡をくれ」

　妙に切羽詰まった口調だ。

「分かった。そんなに、遅くならないと思う。何かあったの」

「会ってから話す」

　電話は、そのまま切れた。

美希は、大杉の相変わらずの応対にあきれながら、通話を切った。

十五分ほど、路上からヒロタの部屋を見上げたり、エントランスの前を行ったり来たりしてみたが、星名も含めて人の出入りは、まったくなかった。

いつまでも路上を、ぶらぶらしているわけにはいかない。だれかに、見とがめられる恐れもある。

ヒロタの部屋に、泊まるつもりでもないかぎり、星名はまた表通りまでもどり、タクシーを拾うだろう。

今度はさすがに、高輪にあるという自宅マンションに、帰るに違いない。とはいえ、一応は確認する必要がある。

美希は、表通りに引き返した。

車を、通りの反対側へ回して駐車し直し、中で待つことにする。

星名が、ふたたび通りに現われたときは、さらに一時間近くたっていた。

タクシーを拾った星名は、予想どおり車田から教えられた高輪の、自宅マンションへもどった。桜田《さくらだ》通りに沿った、二本榎《にほんえのき》通りから少しはいったあたりで、まわりに寺の多い静かな場所だ。

ヒロタのマンションほどではないが、やはり研究者のイメージにあまりそぐわない、小粋な造りの建物だった。

美希は、二本榎通りに停めた車の中から、大杉に電話した。

大杉は、すぐに応じた。

「今、どこだ」

「高輪のあたり。星名教授を、自宅マンションまで、つけて来たところ。そちらはもう、解散したの」

「した。今は、池袋の事務所だ。すまんが、来てくれないか」

「行くのはいいけれど、車なのよ」

「一階に、来客用の駐車スペースが、二つある。どちらかを、確保しておく」

「分かった。だいじな話って、なんなの」

答える前に、少し間があく。

「残間がまた、いなくなったんだ」

「残間さんが」

「そうだ。〈百舌〉のしわざかもしれん」

「ほんとに」

美希は言葉を途切らせ、そのまま絶句した。

「おい、聞いてるのか。おれたちも、気をつけなきゃならんぞ」

大杉の声が遠くなり、不意に恐怖に襲われる。

とっさに、運転席から後部シートを、振り向いた。

34

倉木美希は、ほっと息をついた。

「どうした。だいじょうぶか」

携帯電話から、大杉良太の声が聞こえてくる。

「だいじょうぶよ。後ろのシートに、だれかいるような気がしたの」

「おいおい、おどかしっこなしにしようぜ」

「ごめんなさい。すぐに、そちらに向かうわ。悪いけれど、コンビニでサンドイッチか何か、買っておいてくれないかしら」

目黒から高速道路に乗り、都心環状線を経由して池袋へ向かう。

四十分後、クレドール池袋に着いた。来客用の駐車スペースに車を停めて、大杉の事務所に上がる。

大杉は、近くの寿司屋で握らせたという、折り詰めの寿司を用意してくれていた。

食べながら、〈鍵屋〉で交わされた大杉たちのやりとりを、聞かせてもらう。

大杉と平庭次郎の、ケント・ヒロタと星名重富への取材は、いずれものらりくらりとかわされ、しっぽをつかむことができなかったらしい。それは、美希もある程度、予想していたことだった。

一歩進んで、平庭がいっそ荒金武司に取材をかけてみようか、と提案したときに平庭の携帯電話が、鳴りだした。社会部長の佐々木治雄《はるお》からの連絡で、残間龍之輔の所在がまた分からなくなった、というのだった。

玉川瀬田病院を退院したあと、残間は千葉市内に住む両親の家に、身を寄せていたはずだ。護衛はついていないが、千葉県警の警備部のスタッフが朝晩二回、様子を見に立ち寄る、と聞いている。

「残間はけさ方、佐々木からケータイで出社を要請された、と両親に告げて家を出たそうだ。しかし、佐々木はそんな電話なんかしていない、という。残間自身が、だれか別の人間の電話を佐々木からだ、と嘘をついたのかもしれん。あるいは、はなから電話の呼び出しなどなくて、残間が独自の判断でどこかへ向かった、という可能性もある」

大杉の説明には、いらだちがこもっていた。

その気持ちは、美希にもよく分かった。

新聞記者としての残間に、とかく独断専行のきらいがあることは、承知している。とはいえ、大杉や美希に対しては隠しごとをせず、なんでも率直に話すのが常だった。

それが、平庭はもちろん自分たちにも黙って、どこかへ姿を消してしまうなど、考えられないことだ。

大杉が続ける。

「かりに、ケータイで呼び出されたのは事実だ、としよう。ただ、例の事件で残間は自分のケータイを、〈百舌〉に取り上げられてしまった。今持っているのは、社から新たに支給された、別のケータイだ。当然、その新しい番号を知る人間は、ごく少数にとどまる。佐々木部長は、上司として当然知っているから、かけてくることはありうるだろう。平庭も、むろん知らされたはずだし、おれも教えてもらった」

「わたしもよ」

美希が口を挟むと、大杉はうなずいた。

「だよな。それで、平庭は佐々木部長から、残間と連絡がとれなくなった、と聞いてすぐに残間の番号に、かけてみた。しかし、応答なしだったそうだ。おれも試したが、同じだった」

美希は、少し考えた。

「残間さんが、実際に外部から電話を受けたとして、わたしたちに一言も相談せずに、呼び出しに応じるような相手が、だれかいるかしら。万が一にも、〈百舌〉からの呼び出しだったら、わたしたちに黙っているはずは、ないわよね」

大杉は、ため息をついた。

「ああ。残間もそこまで、ばかじゃないだろう」

美希も困惑して、首をひねる。

「残間さんが、何も言わずに会いに行く人って、思いつかないわ」

「残間に、惚《ほ》れた女でもいれば別だが、そんな気配はないしな」

大杉の軽口にも、笑えなかった。

寿司を食べ終わり、お茶を飲んでいるあいだに、大杉が酒の用意をする。

聞いたことのない銘柄の、国産のウイスキーをショットグラスに、縁いっぱいまでつ
いだ。それに、氷を入れた炭酸水のグラスを、添える。

「いわば、地ビールみたいなウイスキーでね。最近、人気があるんだ」

「ハイボールにしないの」

「ハイボールにするのは、もったいない。ストレートでちびちびやって、炭酸水をチェ
イサーにするのさ」

とりあえず、残間の無事を祈って、グラスを上げる。

名もないウイスキーは、舌に妙な刺激の残らない、まろやかな味だった。これなら、
強いアルコールを敬遠しがちな若者にも、受け入れられるだろう。

大杉が、さりげなく言う。

「めぐみと車田が、栄覧大学の星名教授のあとをつけて、三省興発の荒金武司のマンシ
ョンに行ったら、きみとバッティングしたそうだな」

「ええ」

「それでめぐみたちは、なぜ星名や荒金をチェックしているか、打ち明けたわけだ」

「ええ」

「逆にきみは、なぜ荒金を見張っていたんだ。公共安全局に、現場へ出てだれかを監視

する、などという細かい任務があるとは、思えないがね」

「そうね。まあ、その必要があるときは本部（警視庁）か、めったにないけれど本庁（警察庁）の公安を動かすのが、本筋だと思うわ」

「自分でやりたくなるのは、公安の血が騒ぐからか」

大杉の指摘に、美希は苦笑した。

「荒金の両親は、北朝鮮に健在でいるの。その荒金と、星名教授がつながっているとすれば、きな臭いにおいがするでしょう。星名は、トップクラスのＡＩの研究者だし、ヒロタを通じてＯＳＲＡＤから、助成金を受けている。ＡＩは、新しい武器や兵器の開発に、不可欠のものなの。もちろん、百も承知でしょうけど」

大杉は、いらだったしぐさで、指を振った。

「そういう背景は、はしょってくれていい。要するに、星名が荒金に自分の研究成果を、提供してるんじゃないかと、疑ってるわけだな」

「ええ。きょう、めぐみさんと車田警部補から、星名教授やヒロタのことを聞いて、その疑惑が顕在化したわけよ。星名は、ＯＳＲＡＤの資金で研究した成果を、荒金に流しているんじゃないかしら」

大杉が、眉をぐいと動かす。

「つまり、アメリカの金で開発した技術を、北朝鮮へ提供しているということか」

「少なくとも、その疑いがあるわね」

「星名はどんな技術を、開発したんだろうな」

「いちばん可能性があるのは、AIで動くロボット兵器でしょう。目的地へ送り込んで、敵と認識したものをすべて殺戮する、殺人ロボットとか」

「だったら、お互いに同じロボットで、対抗すればいい。人間が、傷ついたり死んだりせずに、ロボット同士が破壊し合うだけで、決着をつけることができる。きわめて、平和的な兵器じゃないか」

　美希は、つい笑ってしまった。

　大杉が続ける。

「冗談はともかく、敵国の戦略システムを破壊したり、狂わせたりするAIの研究も、行なわれてるんだろう。そのために、宇宙開発での先陣争いも活発化している、と聞いたがね」

「ええ、それは確かかね。でも、ひとつ間違うと予測不能な事態を生じる恐れも、なくはないでしょう。コンピュータが怒り狂って、勝手に動きだすとかね。そうなると、人類滅亡の危機だわ」

「コンピュータどころか、ここ半世紀ほどのあいだに人間が、核廃棄物の処理とか地球温暖化とか、いらざる自然破壊を進めたことで、地球そのものが怒ってるんだ。世界中で大雨や台風、地震、森林火災、それに猛暑や冷害、旱魃《かんばつ》などが、はびこり始めた。まあ、地球の寿命もあと百年、長くても二百年というところだな」

美希はあきれて、大杉の顔を見直した。

「いつから、地球問題の評論家になったの」

「しばらく前からさ。おれはあと百年生きて、この地球がどうなっているか、行く末を見てみたいね。そもそも、世界遺産とか文化遺産とかいう、あれがおれは気に入らん。だいじなのは、遺跡とか景観とか文化とかじゃない。そんなのは、枝葉末節のことだ。おれに言わせれば、地球そのものが人類遺産だ」

大杉はそう言って、ウイスキーをぐいと飲み干した。

美希は大杉を、横目でにらんだ。

「たいして飲んでいないのに、だいぶ悪酔いしたみたいね。演説はそれくらいにして、話をもどしましょうよ」

大杉は炭酸水をぐいと飲み、またショットグラスを満たした。

「おればかりしゃべったが、きみも一席ぶってみたらどうだ。たとえば、こんなものがあったら戦争を防げる、といったシステムを何か思いつかないか」

美希も、ウイスキーに口をつける。

確かに癖のない味で、いくらでも飲めそうだ。

「そうね。日本はアメリカから、大量に迎撃ミサイルを買わされているけれど、あれはむだだわ。もっといい対処法が、あるんじゃないかしら」

「どんな」

「簡単な理論よ。敵国の、ミサイル発射システムに侵入して、無力化するＡＩのプログラムを、開発するのよ。もっと言えば、戦略システムそのものに侵入して、戦闘能力をゼロにするプログラムね。そうすれば、戦争は起こらなくなるわ」

大杉は苦笑した。

「それはまた、ひどくナイーブな意見だな。そんなことが、できると思うかね」

「できなくはないでしょう」

「だったら、どうしてそういうプログラムが、開発されないんだ」

「すでに開発されている、と思うわ。少なくとも、理論としては」

「使いものになるのかね、そいつは」

「さあ、どうかしら。実際に戦争が起きてみないと、確かめられないのよね。それが、唯一最大の弱点、というわけ」

「ＡＩにできないことは、ほとんどないんじゃないのか。すでに、コンピュータの将棋や囲碁のソフトは、プロ棋士より強くなってるらしいし、小説を書くソフトまである、と聞いたがね」

「そうね。今のところ、ＡＩは既存のデータを蓄積して学習したり、分析したりするだけに、とどまっているわ。でも、そのうち自分で何か新しいものを、考え出すようになるでしょう。あと五十年もしたら、人間はアイディア豊かなコンピュータに使われて、養鶏場のにわとりみたいになってるわよ」

大杉はため息をつき、大きく両手を広げた。

ソファに、どさりともたれて言う。

「そこまで長生きするより、いっそミサイル一発でやられた方が、さばさばする。きりがないから、そろそろ寝ようじゃないか」

美希は、含み笑いをして言った。

「そうね。久しぶりに、ガソリンを入れたことだし、ミサイルでも撃ってみたら」

35

平庭次郎は、携帯電話の着信音で、目が覚めた。

急いで手に取ると、画面に浮かんだ時刻は午前七時三分を、表示している。かけてきた相手は、社会部長の佐々木治雄だった。

「平庭か。おれだ、佐々木だ」

佐々木の声は、緊張していた。

「おはようございます。何かありましたか」

「気になる知らせが、はいってきた。けさ六時過ぎに、多磨霊園の西側にある千間《せんげん》神社の公園で、男の死体が発見されたんだ」

携帯電話を、強く握り締める。

「千間神社の公園」

「千間山公園とかいうらしい」

息を吸い、思い切って聞く。

「見つかったのは、だれの死体ですか」

「まだ分からん。とりあえず山井《やまい》を、所轄の北府中署へ飛ばした」

山井幸介《こうすけ》か。

山井は、入社四年目になる社会部の後輩で、中央線の武蔵小金井《むさしこがねい》にある独身寮に、住んでいる。寮は、小金井街道沿いにあるし、多磨霊園とさほど離れていないだろう。

「あんたも、すぐに北府中署へ飛んでくれ。山井だけじゃ、心配だからな」

「まさか残間さんが、やられたんじゃないでしょうね」

冷静に聞いたつもりだが、声が震えそうになった。

「それはまだ、はっきりしないが」

佐々木は一瞬言いよどみ、思い切ったように続けた。

「ただ、死体をくるんであったトレンチコートに、残間のネームがはいっていたらしい。それで、北府中署からうちの社会部の当直に、連絡がはいったんだ。死体は、氏名や勤務先が分かるものを、何も持っていなかったそうだ」

平庭は言葉を失い、ただ携帯電話を握り締めていた。

「とにかく、すぐに行ってくれ。おれは今、社へ向かう車の中だ。身元が分かったら、すぐに連絡してもらいたい」

「分かりました」

電話を切り、急いで支度をした。

平庭のマンションは、田園都市線の三軒茶屋《さんげんぢゃや》にある。

とりあえず、国道二四六号に出てタクシーを拾い、北府中署の名を告げた。運転手がそれを、カーナビに入れる。

環七《かんなな》から、甲州《こうしゅう》街道を西へくだるうちに、例の事件が起きた三重島茂の別邸も、北府中署の管内にあることを、思い出した。

別邸は確か、府中市白糸台《しらいとだい》一丁目にあった、と記憶する。

携帯電話を取り出し、地図で場所を確認した。

北府中署は、西武多摩川線多磨駅の近くにある、警察大学校と警視庁警察学校に、挟まれている。その近辺には、東京外国語大学のキャンパスもある。

男の死体が見つかった、という千間山公園も三重島の別邸も、北府中署からさほど遠くない。せいぜい、一・五キロから二キロのあいだ、といったところだ。

別邸は、首都警備保障の警備主任、御室三四郎が殺されたあと、少しのあいだ北府中署の管理下に、置かれていた。しかし、捜査がいっこうに進展しないまま、早々に三重島本人に返還された。

現在は、三重島の指示で首都警備保障のスタッフが、管理と警備を引き受けている、と聞く。

甲州街道の、コンビニの前でタクシーを一時停車させ、牛乳とサンドイッチを買った。

腹ごしらえをしながら、死体発見を大杉良太に知らせるかどうか、考えた。

残間の、ネーム入りのトレンチコートに、死体がくるまれていたというのが、不安感をあおる。身分証明書のたぐいがなくても、人相や年格好、体型などが分かれば、ある程度判断がつくはずだ。

社会部の宿直は、そうした細かい情報を聞かなかったのか。聞いたのに、警察が教えなかったのか。

府中に近づくにつれて、焦燥感が増すばかりだった。


携帯電話の、着信のメロディが鳴り始める。

大杉良太は、反射的に壁の時計を見た。午前九時半を、回ったところだった。

ちょうど、浴室から出て来た倉木美希が、バスローブを体に巻きつけながら言う。

「早く出た方がいいわよ」

「分かってるよ」

そう応じたものの、出たい気持ちと出たくない気持ちが、胸の内で葛藤する。

しかし、それもせいぜい一秒かそこらのことで、すぐに携帯電話を取り上げた。

平庭次郎からだった。

「朝早く、すみません。緊急に、お知らせしたいことがありまして」

切羽詰まった、というほどではないが、緊迫したその口調に、体が引き締まる。

視野の隅に、じっと自分を見つめる美希の姿が映り、汗がじわりと浮いた。

「どうした」

短く言って、残間の居どころが分かったか、と続けようとした。

しかし、喉が詰まったようになり、言葉が出なかった。

「けさ方、六時過ぎにうちの社会部に、北府中署から電話がありましてね」

よけいな前置きに、じりじりする。

「北府中署というと、三重島の別邸があるところだな」

「はい。同じ管内に、多磨霊園があるんですが、その西側に隣接する千間山公園で、男の死体が発見された、という連絡でした」

かっと頭に血がのぼる。

「はっきり言え。残間か、残間じゃないのか、どっちなんだ」

かみつくようにどなると、美希が肩をびくりとさせるのが、視野をかすめた。

「すみません。残間さんじゃ、ありませんでした」

平庭が言うのを聞いて、大杉は体から力が抜けた。

そのままどさりと、ソファに腰を落とす。

「残間でもないのに、なぜ北府中署は東都ヘラルドに電話なんか、してきたんだ」

美希が向かいの長椅子に、そろそろとすわるのが見えた。

「その死体をくるんでいた、年代物のトレンチコートの内側に、残間さんのネームがはいっていたからです」

「トレンチコート」

「ええ。残間、という名前はあまりないし、残間さんの所在が不明になったことは、世田谷南署や北府中署など、一連の事件に関わった所轄署に、連絡がいってるそうです。それで北府中署の、捜査一係の捜査員がうちの社会部に、確認の電話をよこしたわけです」

平庭が一息つき、大杉は携帯電話を左手に持ち替えた。

「それで、死体がだれなのか、判明したのか」

「しました。首都警備保障の社長の、稲垣志郎だそうです」

大杉は虚をつかれ、背筋を伸ばした。

美希が、きらりと目を光らせるのに気づき、あえて繰り返す。

「稲垣志郎。首都警備保障の、社長の」

「そうです。現在、稲垣社長の前夜の足取りとか、死体を現場に運んだ経路、痕跡とかを北府中署が、捜査中です」

「殺された現場は、その公園じゃない、ということだな」

「ええ、北府中署は、そう判断しています。発見したのは、清掃に出ていた公園の管理人の一人ですが、稲垣社長の遺体は山の途中の崖下に、放置してあったそうです。すぐには見つからないように、近くの木から折り取った小枝を、むやみやたらに遺体の上に、投げ落としてあったとか。逆にそれが目立って、発見につながったんでしょう」

「死因はなんだ」

「首筋の真ん中を、千枚通しかアイスピックのようなもので、一突きにされていたということでした」

平庭の説明に、大杉はうなずいた。

「〈百舌〉の手口だな。ちなみに、羽根は残っていなかったのか。まあ、残っていても箝口令《かんこうれい》がしかれて、ブン屋には知らされないだろうが」

「いや、それがたまたま、分かったんですよ」

これにには少し、驚いた。

「ほんとか。これまでは例外なしに、伏せられていたはずだが」

「それが、ためしにかまをかけたら、うまく引っかかりましてね。捜査員の一人に、例の羽根はどこに残されてましたか、と聞いたんですよ。そうしたら、反射的に〈耳の穴に突っ込んで〉と言いかけたあと、あわてて口をつぐみました」

大杉は笑った。

「耳だろうと鼻だろうと、羽根が残っていたことが分かれば、それでいい。上出来じゃないか」

どちらにせよ、残間の消息が分かりしだい、互いに連絡し合おうと約束して、電話を切る。

死体が、残間龍之輔ではないと分かった時点で、一度寝室へ引っ込んだ美希がスーツに着替え、もどって来た。

何ごともなかったように、大杉の向かいにすわって言う。

「稲垣志郎の死体に、百舌の羽根が残されていたのね」

「ああ、聞いたとおりだ」

あらためて、平庭からの電話の内容をひととおり、順序立てて説明する。

聞き終わると、美希は言った。

「稲垣の死体をくるんだのが、残間さんのトレンチコートだった、というのが気になるわね。百歩譲って、残間さんが手をくだしたとしても、自分のしわざだと分かるような、ばかなまねをするはずがないし」

「そもそも、動機がないしな」

「ただ、〈百舌〉のしわざには違いないけれど、なぜ残間さんのコートを使うような、小細工をするのかしら。なんの意味も、ないでしょう」

「残間が、自分の手の内にあることを、おれたちに知らせるためだろう」

「それなら、最初から残間さんを解放しなければ、よかったんだわ」

大杉は腕を組み、考えを巡らした。

そのあいだに、美希が長椅子を立って冷蔵庫をあけ、食材を探し始める。

そこで大杉も、スマトラ・マンデリンの豆を出し、コーヒーをいれる準備をした。ついでに、トースターに食パンをセットする。

美希は、冷蔵庫にベーコンと卵を見つけて、フライパンを火にかけた。

「たとえば、弓削ひかると洲走まほろのあいだに、意見の食い違いが生じたとしたら、どうなるだろうな」

大杉が聞くと、美希はすぐに応じた。

「それは、ありうるわね。弓削ひかるにとって、三重島は実の父親。でも、洲走まほろから見れば、姉のかりほをいいように使い回して、死に追いやったかたきでしょう。たとえ二人のあいだに、ある種の関係が存在するとしても、三重島に関しては相いれないものがある。どこかで対立するのは、むしろ当然じゃないかしら」

「稲垣は、言ってみれば三重島の身辺警護、つまりは私的な護衛役を務めていた。もちろん、公式の場ではSPが警護を引き受けるが、陰の部分では首都警備保障のスタッフが、その役を果たしたわけだ。その稲垣を始末したとなると、これはまさに洲走まほろの判断としか、考えられない。いわば三重島への挑戦、とみていいんじゃないか」

「ひかるとまほろのあいだに、亀裂が生じたのかもしれないわね」

そう言いながら、美希がベーコンエッグを皿に入れ、テーブルに運んで来る。

大杉も、コーヒーとパンを二人分、セットした。

食べながら、また美希が口を開く。

「ひかるとまほろが、二人対等の立場で〈百舌〉の役を務めている、とは言い切れないわ。ひかると話したときに、なんとなくそんな気がしたの。少なくとも、主導権を握っているのは、ひかるだと思うわ」

「いずれにしても、どちらか一人で残間を拉致したり、車に乗せて運んだりするのは、事実上無理だ。今度の稲垣殺しだって、同じだろう」

朝食のあと、美希は登庁するため、事務所を出て行った。

36

伊沢茂則は、ホッピーを一息にあおった。

ハイピッチで三杯飲んだが、いっこうに酔いのきざしが見えない。もともと、それほど酒が強い方ではないのに、酔わないのは自分でも不思議だった。

さすがに、体はかっと熱くなったものの、頭の方は冷えびえと冴《さ》えわたり、意識もしっかり働いている。

前夜あの女、〈オフィスまほろ〉の代表だった女に命じられ、車に乗せた死体を多磨霊園の近くに、遺棄してきた。

むろんそのときは、それが自分の勤務する首都警備保障の社長、稲垣志郎の死体だとは夢にも思わなかった。

死体を捨てて、どうにか別邸にもどり着いた直後、何者かに背後から首筋を強打され、意識を失った。

あとで分かったことだが、さいわいにもそのとき交替要員の、馬込《まごめ》という若手の警備員が、植え込みのそばに倒れた伊沢を見つけ、助けてくれたのだった。

馬込の話によると、伊沢が交替時間がきても別棟にもどらないため、心配になって邸内を捜しに出たのだ、という。

その結果馬込は、植え込みのそばに倒れた伊沢を見つけ、別棟の控室へ連れもどしてくれた。

伊沢は、巡回中にめまいを起こして倒れただけだ、と馬込に説明した。出血していたわけでもなく、経験の浅い馬込は伊沢を疑いもせず、その説明を信じたようだ。

とにかく、伊沢を襲ったのがあの女だったにしろ、あるいは別のだれかだったにしろ、馬込がやって来るのに気づいて、逃げ出したに違いない。

もし、あのとき馬込が現われなかったら、伊沢自身もその場で始末されるか、拉致されるかしていただろう。

そう思うと、今でもぞっとする。

けさ方、伊沢は頭痛がするのをこらえて、ふだんどおりに出社した。

いかなるときも、つね日ごろの行動パターンを変えないのが、身についた習いだった。

あとで何か起きた場合、さかのぼって疑いを招くようなことだけは、避けなければならない。

出社後、前日の日報を適当に書いているとき、北府中警察署から社長室に、問い合わせの電話がはいった。

そこで初めて、けさ早く府中市の多磨霊園の近くで、稲垣の死体が発見されたことが、明らかになった。

自分が遺棄した死体が、社長の稲垣だったと分かったとたん、伊沢は正常な判断力を失うほど、動揺した。トイレに行き、しばらく便器の蓋にすわり込んで、ショックに耐えなければならなかった。

むろん、死体がいずれ発見されることは、覚悟していた。しかし、これほど早く見つかるとは、思わなかった。

頭を振り、皿の煮込みをつついて、口に入れる。

かついだ死体の重みが、肩にもどってきたような気がして、軽く身震いした。

以前、御室三四郎に命じられて、当時警備部長だった大角大介の死体を、祖師谷公園へ捨てに行ったときでさえ、これほどまでには動揺しなかった。

自分は、ただあの女に命じられるままに、トレンチコートにくるまれた死体を、車に乗せて多磨霊園の近くまで、捨てに行っただけだ。それ以上でも、以下でもない。

正直なところ、死体がだれか考えもしなかった。捨てた場所が、千間山公園という公園だったことも、けさ初めて知った。

あの女が、今どこにいるのか、見当もつかない。警察でさえ、その所在をつかめずにいるのだから、分からないのは当然だ。

したがって、死体を捨てに行ったいきさつを警察に話しても、さらにめんどうなことになるだけだ、と思う。そもそも、警察がそんな話を信じるかどうか、あやしいものだ。

あのとき、女は濃紺のスカーフで首から上を、くるんでいた。しかも、逆光だったせいで顔が見えず、ただ声を聞いただけにすぎない。

とっさに、オフィスまほろの代表の声だ、と直感したのは確かだ。

しかし今考えると、あまり自信がない。あのときの状況からして、勝手にそう思い込んだだけかもしれない。

稲垣が死んだため、この日は仕事のローテーションが、大幅に変更された。三重島別邸の警備は、当面中止することになった。

いくら、社長が殺されたといっても、だいじな顧客の屋敷の警備を、中止するのはおかしい。おそらく三重島の筋から、そのように指示があったのだろう、と理解した。

この日、伊沢はずっと社に詰めて、人員配置の組み替え作業に従事した。

そのあいだ、テレビ報道を見る同僚たちに交じって、事件の経緯《けいい》を知ろうとした。

他の部署をのぞいたり、トイレや給湯室、喫煙室へ行くたびに、同僚たちのおしゃべりに、聞き耳を立てた。

それらを総合すると、おおむね次のようなことが分かった。

前日、稲垣は夕方少し早めに会社を出た、という。

予定表は空白のままで、秘書はプライベートな約束だろうと思い、何も聞かなかった。以前から、ときどきそうしたことがあったので、別に不審を覚えなかったようだ。

稲垣の自宅は、杉並《すぎなみ》区天沼《あまぬま》のマンションだが、二人暮らしの夫人もその日の予定を、知らなかった。夫が帰宅していないことも、翌朝まで気がつかなかった、という。

したがって、夫が死んだことも警察からの連絡で、初めて知ったらしい。

早々に身元が判明したのは、一時的に死体が安置された警察大学校の、長野《ながの》という医務官のおかげだそうだ。

長野は、かつて千代田《ちよだ》区の飯田橋《いいだばし》にあった、東京警察病院（現在は中野《なかの》区）に勤務していた。

当時、警察庁にいた稲垣が癌《がん》の疑いで、検査入院したことがあった。そのとき、長野が検査を担当したことから、稲垣とは面識ができていた。そのため、死体を見てすぐに稲垣だ、と気がついたという。

死体が発見されたこの日、長野はたまたま朝一番で〈現場検証〉と、〈検死〉の講義がはいっていた。その準備のため、大学校へ早く出て来ていた。そこへ、たまたま変死体が搬入され、それを目にしたとたん旧知の稲垣だ、と分かったそうだ。

そうした事実が、あちこちから耳にはいってくるだけで、伊沢はいつ自分のしたことがばれるかと、気が気ではなくなった。

死体を遺棄した現場に、少なくとも証拠になるようなものを、残した覚えはない。革手袋をしていたから、指紋は残らないはずだ。

その革手袋は捨てたし、はいていた靴もすでに処分して、別の古い靴に替えた。文字どおり、靴から足がつくことは、もはやないだろう。

問題は、警備車両のタイヤ痕だ。

警備車両といっても、ものものしい装備をほどこした、はでな車ではない。別邸の警備を、なるべく目立たぬようにするため、ごくふつうの黒塗りのハイブリッド車を、使用している。

深夜でもあり、目撃者がいる恐れはない、と思った。

しかし、間違っても現場付近に車を停めたり、死体を運び出したりするところを、見られたくなかった。そのため、舗装道路をはずれて車の見えない木立へ、わずかながら乗り入れた。

当然、タイヤにはそのときに付着した土が、残っているはずだ。

帰りの走行で、ある程度落ちたとしても、鑑識の手で細かい分析検査が行なわれれば、明らかになるに違いない。

かといって、タイヤを全部交換すれば、かえって疑われるだろう。

考えれば考えるほど、泥沼に沈んで行くような気がした。

それに、どれだけ痕跡を消す工作をしても、あの女が警察の手に落ちれば、すべては終わりになる。

そんなことを考えるうちに、夕方になってどうにも頭痛がひどくなり、体の具合がおかしくなった。

やむなく、前夜別邸で仕事中にめまいがして、馬込に助けられたことを上司に告げ、定時退社の許可を取った。社長が殺害されたこの非常時に、同僚より早く退社するのは気が引けるし、印象がよくないことは分かっていた。

しかし、伊沢の緊張はほとんど、限界に達していた。

それでも、なんとか午後七時まではがんばり、目立たぬように社を出たのだった。とにかく、少しでも早く一人になりたかった。

首都警備保障の本社は、小田急線代々木上原駅《よよぎうえはらえき》に近い、井ノ頭《いのかしら》通りにある。

伊沢は、総武線《そうぶせん》の亀戸《かめいど》のマンションに、妻子と住んでいる。

新宿《しんじゅく》から電車に乗り、御茶ノ水《おちゃのみず》のあたりまで来たとき、なぜか気分が落ち着いてきた。前夜のことが、警察にばれる心配はない、と思った。証拠になるようなものは、何も残していないのだ、と自分に言い聞かせた。

すると、急に気持ちも体も、軽くなった。あまつさえ、げん直しに酒でも飲んで帰ろうか、という考えが浮かんだ。

そうなると、もう矢も盾もたまらなくなった。

もっとも、地元の亀戸で飲むのは気が進まず、一つ手前の錦糸町《きんしちょう》でおりることにした。駅からだいぶ離れた、裏通りの一杯飲み屋に足を運んだ。

ずいぶん前、中学時代の遊び仲間に一度だけ、連れて来られた店だった。煮込みが、抜群にうまかった記憶があり、いつかまた行ってみたい、と思っていたのだ。

ただ、おやじを見ても顔を思い出せなかったし、向こうも一見《いちげん》の客のように扱った。いつも込んでいるらしく、常連以外の顔など覚えていないのだろう。

その方が、好都合だった。

伊沢は新しいホッピーを頼み、そのあいだにまた煮込みをつついた。うまいと思ったのは、ただの記憶にすぎなかったのか、どうということもない味だ。

新しいホッピーを一口飲んだとき、にわかに頭がくらくらとした。

同時に体が熱くなり、体が妙に揺れ始める。さして強くもないのに、立て続けに三杯も飲んだせいだろう。

ホッピーを置き、煮込みを急いで食べる。グラスの水を、がぶ飲みした。

店の女の子に、水のお代わりを頼む。

さほど広い店ではないが、込んでいるせいか従業員の数も多く、しかも全員がアジア系の外国人だ。日本語の、符丁のようなメニューをよく覚え、ほとんど間違えずに注文をこなしていく。

それに感心しながら、水を二度お代わりした。サイ、と名札をつけた小柄な女の子は、いやな顔もせずにグラスを運んでくれた。

煮込みのほかに、おでんと魚の干物を食べると、少しめまいが治まった。かわりに、頭の芯がずきずきし始める。頭痛が再発した。

万が一、こんなところで倒れでもしたら、目も当てられなくなる。

伊沢は、酔いつぶれないうちに帰ろうと、勘定を頼んだ。

腕時計の針は、まだ十時前を指していた。

外に出たとたん、体がふらふらした。だいぶ酔いが、回ってきたようだ。

駅へ向かおうと、歩きだす。しかし、すぐに足を止めた。

駅からの道は、ぼんやりとながら覚えていたが、駅へ向かう道が分からなくなった。

広い道ではないが、人通りはまだ多い。その流れに沿って、歩いて行く。

すると、いつの間にかあたりが、さびしくなった。人影が減っている。

どうやら、駅から帰宅する勤め人の流れに、乗ってしまったらしい。駅はまるで、反対方向なのだ。人が少なくなるのは、当然だった。

伊沢は回れ右をして、人の流れに逆らいながら、もどり始めた。

急いで歩いたせいか、アルコールが体中に回って、またふらふらし始める。おまけに、気分まで悪くなってきた。

まずい。

いくら裏通りでも、こんなところで吐きもどすわけにはいかない。醜態をさらしたあげく、救急車の世話になりでもしたら、とんでもないことになる。

伊沢は足を止め、〈いながき〉と書かれた、小さな飲み屋の電飾看板に、手をついた。

すぐに、殺された社長と同じ名前だ、と気がつく。たとえ偶然にせよ、ますます気分が悪くなった。

道の向かいの、十メートルほど先に駐車場があり、そのそばに立つ公衆電話のボックスが、目についた。

電飾看板から身を起こし、ボックスの方へよろめき出る。

反対側から歩いて来た女が、迷惑そうに伊沢をよけて通った。

伊沢はボックスにたどり着き、駐車場との間の隙間に回り込んで、首を差し入れた。

だれかが、車を出そうとしているらしく、エンジンのかかる音がする。

とたんに、ガソリンのにおいが鼻をつき、胃の腑《ふ》が勝手にせり上がってきた。

次の瞬間、ついさっきまで飲み食いした、酒やら煮込みやらを勢いよく、吐きもどす。

あまりに勢いがよすぎてつんのめり、その場に膝をついた。

「だいじょうぶですか」

後ろで、女の声がする。

唾をのみ込むのが精一杯で、返事ができない。

「このハンカチ、使ってください」

女が顔の横に、白いものを差し出す。

「すみません」

伊沢は礼を言い、ハンカチを受け取った。

口に当てようとすると、つんとするいやなにおいが鼻をつき、また吐き気を催す。

後ろから手が伸び、伊沢が握ったハンカチを強引に、鼻に押しつけてくる。

伊沢は、抵抗しようとしたが、すでに遅かった。声も出なかった。

急速に、意識が遠ざかる。

車のエンジン音が、かすかに耳に届いた。

＊

どこかで、光が明滅している。

その光が、しだいに明るさを増してきた。

しまいには、耐えられないほどまぶしくなり、しっかり目を閉じる。それでも、光は容赦なくまぶたを通り抜けて、目に突き刺さった。

そのとたん、猛烈な吐き気に襲われて、激しく咳《せ》き込んだ。

胃の中には、ほとんど何も残っておらず、ただ少量のかすが胃液とともに、口にあふれただけだった。

それが喉に逆流して、ますます激しく咳き込む。体をよじり、横向きになって口の中のものを、床に吐き出した。

目をしっかり閉じ、荒い息をつきながら少しのあいだ、じっとしている。

おぼろげながら、記憶をたどった。

錦糸町のどこかで、酒を飲んだこと。

立て続けに飲んだので、気分が悪くなって店を出たこと。

駅へ向かうつもりだったのに、方向を間違えて迷ったこと。

急に吐き気を覚えて、どこかの駐車場の脇に立つ、公衆電話のボックスの陰へ、よろめいて行ったこと。

いや、あれは記憶違いだったかもしれない。

ここしばらく、公衆電話を目にしたことなど、なかったと思う。とうに、なくなったはずだ。それとも、わずかながらところどころに、残っているのだろうか。

急激な吐き気に襲われて、ボックスの裏にもどしたことを、思い出す。

そのとき、女が声をかけてきたのだ。

返事をする間もなく、白いハンカチらしきものが、差し出された。

それを、口に当てようとしたとき、いやなにおいがした。

記憶のフィルムが、激しく回転し始める。そのハンカチを、無理やり鼻と口に、押しつけられたのだ。

あれは、あの女だ。

顔を見たわけではないが、話しかけてきた抑揚のない声に、聞き覚えがある。

吐き気をこらえ、そろそろと上体を起こした。リノリウムらしい、冷たい床に手をついて、うつぶせになる。

肘を起こし、ようやく這《は》いつくばったとき、少し前方に横たわる人の姿が、目にはいった。

驚いて、膝立ちになる。

それは、顔を斜め向こうにして床に伏せた、背広姿の男だった。両手両足を、不自然に伸ばしたまま、ぴくりともしない。

体を硬くしたまま、男に目を据えた。

眠っているようだが、すぐにそうでないことが分かった。

首筋のど真ん中に、千枚通しらしきものが柄のつけ根まで、深ぶかと突き刺さっているのだった。

動きもしなければ、息をする気配もない。

確かめるまでもなく、男がすでに死んでいることは、明らかだった。急所の延髄に、あんなものを突き立てられたら、ひとたまりもない。

半分パニックになり、あわててあたりを見回す。

打ち放しの、コンクリートの壁に囲まれた、殺風景な部屋だ。隅に、何も載っていないデコラのテーブルがあり、一方の壁に五十センチ四方ほどの、鏡が取りつけられている。それ以外に、なんの調度もない。

鏡と同じ壁の右隅に、小さな鉄のドアが見える。

鏡の左下には、取っ手のついた蓋のような、小さな切り込みがある。

背後に目を向けると、鉄製らしい重そうなドアと小さめの木のドアが、控えていた。

だめと承知で膝を起こし、それらのドアや取っ手を一つずつ、試してみる。

鉄のドアは、ノブは回ったものの押しても引いても、びくともしない。木のドアの内側は、洗面台とトイレつきの、シャワールームだった。

小さな鉄のドアも、取っ手のついた切り込みも、施錠されていて開かなかった。

震える足を踏み締めて、倒れた男の近くへもどる。

そばには寄れず、恐るおそる首を伸ばして、顔をのぞき込んだ。

髭のそり跡の濃い、見たこともない男だ。目を閉じたまま、動かない。口から垂れたよだれが、床に染みを作っている。

そろそろと、あとずさりした。

むろん、自分が手をかけた覚えはない。

おそらく、気を失っているあいだにここへ運び込まれ、死体と一緒に放置されたに違いない。警察なら、自分がやったのでないことを、証明してくれるはずだ。

そうだ、警察に知らせなければ。

ひたいの汗をぬぐい、あらためて部屋を見回す。

いったい、ここはどこだろう。

37

仲居が引き戸をあけ、中に声をかける。

「お連れさまが、お見えになりました」

倉木美希は、脇へどいた仲居に代わって、戸口に立った。

「お待たせして、すみません」

中にいた、榊原謙輔《さかきばらけんすけ》が立ち上がって、会釈を返す。

「いや、わたしの方が約束の時間より、早く来ただけだ。まあ、すわりなさい」

示された椅子はテーブルの奥で、常識的には上座とされる位置だ。

しかし、美希は遠慮する手間を省いて、そのまま示された席についた。

四畳半ほどの広さの個室で、そこに六人はすわれるテーブルが一つ、置いてあるだけだった。

間をおかず、仲居が飲み物の注文を聞く。

榊原が、美希の意向を確かめた上で、瓶ビールを頼んだ。

榊原は、黒縁のあか抜けない眼鏡をかけた、五十過ぎの男だ。血色のよい、まるでコンパスで描いたような、丸顔の持ち主だった。

髪は、両脇にわずかに残っているものの、上部はいわゆるすだれ状態に近い。

背広は、生地も仕立ても悪くないはずなのに、着崩れしてよれよれだ。

ただ、見てくれと違って油断のならぬ男だ、ということは美希もよく承知している。

榊原は、警察庁長官官房特別監察官室の、室長の職にある。

公共安全局に出向するまで、美希はこの榊原の下にいた。

前夜。

美希は、大杉良太の事務所に行き、その日のお互いの行動について、報告し合った。

大杉は、東都ヘラルドの平庭次郎と、栄覧大学情報工学部の教授、星名重富を取材したこと。

美希は、張り込み中の三省興発社長、荒金武司のマンションの前で、星名を尾行して来た東坊めぐみ、車田聖士郎と遭遇したこと。

それから、大杉は平庭とともにめぐみ、車田と京橋の〈鍵屋〉で落ち合い、情報交換をした。そのさなかに、残間龍之輔の再度失踪の報が、もたらされたのだ。

そんな、先の見えない話を繰り返したあげく、美希は大杉の事務所に泊まるはめになった、という次第だ。

けさになって、東都ヘラルドの平庭次郎が、大杉に電話をよこした。

美希は、シャワーを浴びたばかりだったが、電話が終わるのを待って話を聞いた。

平庭によると、この日の早朝、多磨霊園に近い千間山公園、と呼ばれる自然公園の窪《くぼ》地《ち》で、首都警備保障の社長、稲垣志郎の死体が発見された、というのだった。

死体の首筋に、千枚通しかアイスピックらしきものが、突き立てられた痕があった。その手口から、〈百舌〉のしわざとみて、間違いあるまい。まして、耳の穴に百舌と思われる、鳥の羽根が差し込まれていた、となればなおさらだ。

死体が、残間龍之輔でなかったことで、美希も一時はほっとした。

しかし、平庭の情報によれば稲垣の死体は、残間のネーム入りのトレンチコートに、くるまれていたという。

だとすれば、またも消息を絶った残間が、ふたたび〈百舌〉の手に落ちたことは、確実だろう。ほっとするどころではなかった。

そのあと、美希が定時よりだいぶ遅れて登庁すると、デスクに榊原から電話があった、とのメモが残されていた。

かけ直したところ、榊原は久しぶりに晩飯でも食わないか、と誘ってきた。

出向する前も、美希は榊原と二人で食事したことは、一度もない。久しぶり、もないものだ。

しかしその誘いは、稲垣の死に関わることではないか、と勘が働いた。

榊原は稲垣の、二代あとの特別監察官室の室長だし、民政党幹事長の三重島茂とのつながりも、稲垣と同じように強いはずだ。

それを考えると、榊原と差しで話をするのはむしろ、こちらからお願いしたいほどだった。

美希は一も二もなく、その誘いに応じた。

ただ榊原は、その夜、調布市《ちょうふ》にある慈林《じりん》大学病院へ、稲垣の遺体と対面しに行かねばならない、という。

したがって、落ち合う時間を午後九時にしてほしい、と条件をつけてきた。

それで、その食事の誘いには予想どおり、稲垣の一件がからんでいることが、はっきりした。

稲垣の遺体は一時的に、発見現場に近い警察大学校に、搬入されたという。

しかし、その後遺体検案のため、さらに必要があれば解剖のため、慈林大学病院へ移送されたらしい。

通常、二十三区内で発見された変死体は、文京《ぶんきょう》区大塚《おおつか》にある都の監察医務院に、搬送される。ただし、都下の多摩地域や伊豆《いず》諸島など、二十三区外で発生した案件については、指定された中から選ばれた一般病院に、運ばれるのだ。

榊原が予約したこの店は、小田急線の千歳船橋駅《ちとせふなばしえき》に近い、〈すり鉢《ばち》〉という小料理屋だった。

事前に、美希がネットで調べたかぎりでは、その店は慈林大学病院から、さほど遠くない距離にある。

間口はあまり広くないのに、カウンターとテーブル席のあるおもてから、奥へ細長く石畳が延びた店で、片側に個室が五つ六つ並んでいる。

案内されたのはいちばん奥の部屋で、どこからかせせらぎの音と、琴の音が聞こえてくる。

ビールが運ばれてくると、榊原は仲居に手酌でやるからいい、と下がらせた。

それから、自分と美希のグラスに、ビールをつぎ分ける。

榊原は、グラスを上げて言った。

「どうも。こんな遅くに、すまないね」

「いいえ。こちらも、いろいろと調べものがあって、遅い方がよかったくらいです」

当たり障りのない返事をして、美希はかたちばかりグラスを合わせた。

料理はすでに決まっているらしく、テーブルの上に献立を書いた和紙が、置いてある。

「稲垣社長のご遺体と、対面して来られましたか」

単刀直入に聞くと、榊原はわざとらしく眉を寄せた。

「うん。とりあえず焼香したあと、奥さんに挨拶しただけで、引き上げて来た」

美希は、三重島幹事長が来ていたかどうか、聞こうとして思いとどまった。

来ているはずがない。葬式のとき、ちらりとでも顔を出せば、いい方だろう。

「ご遺体の様子は、いかがでしたか」

それも、なかなかに厳しい質問だ、ということは承知の上だ。

榊原は、わずかにたじろいだようだった。

「死因については、きみもすでに承知しているだろうね」

「いわゆる盆《ぼん》の窪《くぼ》に千枚通し、あるいはアイスピックで一突きにされていた、と聞いています」

美希が答えると、榊原はじっと見つめてきた。

「その情報は、まだ外部へ漏らさぬようにと、捜査本部が通達を出したはずだがね。きみの情報源は、どこかな」

隠しても始まらない、と判断する。

「東都ヘラルドの筋です。稲垣社長の死体をくるんだコートに、残間記者のネームがはいっていたため、問い合わせがあったと聞きました」

料理が運ばれて来た。

刺身に野菜の煮付け、茶わん蒸しが一緒の盆に、載っている。

一つずつではなく、複数の料理をいっぺんに運んで来たのは、榊原が話を何度も中断されないように、そうしてくれと指示したのだろう。

榊原は、茶わん蒸しを一口すくって、さりげなく聞いた。

「稲垣社長の耳に、何が差し入れてあったかも、聞いているかね」

「はい」

短く応じて、榊原を見返す。

榊原は小さく二度、うなずいた。

「すると、犯人はだれかについても、心当たりがあるということだな」

「元東都ヘラルド社会部長の、田丸《たまる》殺しに始まる一連の殺人事件と、同じ犯人だと思います」

「つまり、だれだと思っているのかね」

相変わらず、さりげない口調だった。

以前からこの男は、重要な話題になればなるほど、世間話のような軽い口ぶりで、話をする癖がある。

「分かりません。捜査本部では、民政党の三重島幹事長の別邸で働いていた、二人の女性を容疑者として捜索中、と聞きました。それ以上のことは存じません」

榊原は、少しのあいだ食事に専念するか、するふりをしていた。

やがて箸を置き、ビールを飲んで言う。

「残間記者が、また行方知れずになったことについて、どう思うかね。きみの、今の仕事とは直接、関係のない話だが」

わざわざ断わるところが、いかにもいやみに聞こえる。

「わたしにも、理由が分かりません」

そっけなく答えて、すかさず逆ねじを食わせる。

「そういえば、残間記者が最初に社の近くから拉致されたとき、室長はわざわざ大手町署に出向かれて、東都ヘラルドの幹部に何かと、アドバイスされたそうですね」

残間が、一連の〈百舌事件〉について書いた原稿を、東都ヘラルド紙に掲載してほしいと、USBメモリを送りつけてきたときのことだ。

もし掲載されなければ、自分は殺されることになる、という注釈がついていたと聞く。

さすがに、この指摘は不意打ちになったとみえ、榊原は頬の筋をぴくりとさせた。

「どこで聞いたのかね、そんな話を」

「先ほどと、同じ筋からです」

実のところは、大杉が平庭から聞かされた話を、又聞きしただけだ。

榊原はまたビールを飲み、箸を取り上げた。

その箸で、宙に意味もない輪を描き、言い訳がましく言う。

「まあ、記者の拉致などというのは、めったにないケースだからね。それで、アドバイスが必要だ、と思ったわけだ」

「絶対に記事を掲載してはならぬと、東都ヘラルドにはそのように指示された、とうかがいましたが」

美希が言うと、榊原は箸をまた箸置きにもどして、ガードするように腕を組んだ。まさか、そこまで知られているとは思わなかった、という顔つきだった。

しかし、あえてそれを避けるようにして、榊原は続けた。

「外部からの、いかなる脅迫にも屈しないというのが、われわれの方針だからね」

「人の命がかかっていても、ですか」

榊原の目を、一瞬残忍な光がよぎる。

「一度それに屈したら、敵の要求は際限もなく広がるだろう。断固拒否するのが、最善の策だということは、きみも承知しているはずだ。たまたま、残間がきみの親しい知り合いであっても、例外は許されないよ。現に、残間も一度は無事に、解放されたじゃないか」

「かりに、まぶたを縫い合わされたのを無事と呼ぶなら、そういうことになりますね」

美希は、思い切り強い皮肉を放ったが、榊原は動じなかった。

その目に、いつものような柔らかな色が、もどってくる。

「どちらにせよ、命に別状はなかったわけだ」

そう決めつけてから、急いで話を先へ進める。

「もう一度聞くが、その残間がまた行方をくらましたことを、どう思うのか聞かせてほしいね」

美希はあえて、間をおいた。

「くらました、というのは当たらないと思います。残間記者が、自分の意志でいなくなった、とは考えられませんから」

「しかし、稲垣社長の死体をくるんだコートは、残間のものだったそうじゃないか」

失笑する。

「まさか、残間記者が稲垣社長を殺害して、自分のコートにくるんで捨てたと、そうおっしゃりたいのですか」

これには、榊原も苦笑した。

「そこまでは、言わないよ。おそらく真犯人は、きみたちのいわゆる〈百舌〉だろう。わざわざ、遺体を残間のコートでくるんだのは、なんらかのメッセージに違いないな」

そんなことは、言われなくとも分かっている。

「室長はこの事件に、ずいぶん興味をお持ちのようですね。本来のお仕事とは、関係がないように思われますが」

美希が切り返すと、榊原は見かけに似合わぬきざなしぐさで、肩をすくめた。

「なんといっても、稲垣さんはわたしの二代前の、特別監察官室の室長だからな。無関心では、いられないよ」

それから、じろり、という目つきで美希を見て、あとを続ける。

「そもそも、今の質問はきみ自身にも、当てはまるんじゃないかね」

その反撃は、予想していた。

「室長が言われた、わたしたちのいわゆる〈百舌〉の事件は、どこかの組織や部署に限られるものではなく、わたし個人につきまとうものです。わたしが、どこでどんな仕事をしていようと、〈百舌〉との関わりは消えるものではありません」

正確にいえば、死んだ夫の倉木尚武《なおたけ》もそうだったし、大杉良太と残間龍之輔も、同じ立場にある。

膳が取り替えられ、次の料理がまた三つ並んだ。

榊原が言う。

「今きみは、三省興発の社長の荒金武司を、洗っているそうだね」

新たな不意打ちに、美希はさすがに少し動揺した。

「よくご存じですね。どこからの情報ですか」

平静を装って、聞き返す。

「眉園《まゆぞの》審議官さ。ほかに、いないだろう」

あっさり、白状した。

公共安全局で、参事官の美希の上にいる眉園猛《たけし》は、警視庁公安部公安特務一課に原籍を置く、審議官だ。

しかし、榊原と眉園がかつて同じ部署にいた、という話は聞いていない。

榊原の方が五年次上だが、直接の上下関係は一度もなかった、と思う。

その二人のあいだに、情報交換をするような接点はないはずで、少なくとも眉園の方から、榊原に何かをご注進に及ぶことなど、まず考えられない。

だとすれば、おそらく榊原の方から眉園に声をかけ、なんらかの口実を設けて、美希の仕事の内容を聞き出したのだろう。

もしかすると、榊原はあえて三重島の名前を口に出し、眉園に圧力をかけたのかもしれない。

眉園は、むろん優秀な警察官ではあるが、そうした筋違いの話に抵抗するほど、気骨のある男ではない。

先輩のキャリアに求められれば、よほどの不都合でもないかぎり、情報を流すことに躊躇しないだろう。

「室長も三省興発に、興味がおありですか」

「そういうわけじゃないが」

榊原はそこで言いさし、すぐにあとを続けた。

「社長の荒金は、在日三世だそうだね。日本人の妻と、自分の祖父母の四人暮らしだ、と聞いている。ただし、実の父母は北朝鮮にいる、ということらしいが」

美希は箸を置き、テーブルの下でハンカチを握り締めた。

荒金武司が在日三世で、日本人の女性と結婚したことは、すでに承知している。

しかし、自分の祖父母と同居していることや、実の父母が北朝鮮にいることなど、詳しいことは眉園にも、報告を上げていない。

それを、榊原が知っているとすれば、自分なりの情報源を持つ、ということだ。

ただ、榊原はおもに刑事畑を歩いて来た男で、警備公安にはほとんどつながりがない。

どこかに情報源を持つとすれば、三重島のネットワークがからんでいる、とみるしかない。三重島は、警察内部のあらゆる部署の幹部と、意を通じているとの噂《うわさ》がある。

それが事実なら、美希自身はもちろん、東坊めぐみや車田聖士郎の動きも、ほぼつかんでいるとみてよい。

へたに隠し立てをしても、手の内を読まれるだけだ、と肚を決める。

「三省興発はスピネチア、エルマニアといったアフリカの小国と、貿易取引を行なっています。ご存じと思いますが、そうした発展途上の国ぐにはおおむね、北朝鮮と国交があります。国連による経済制裁のため、表立って貿易関係を結んではいませんが、公海上での瀬取りなどの手段で、北朝鮮と取引をしている、と考えられます」

そこで言葉を切ると、榊原はじれたように肩を揺すり、口を開いた。

「そうした国ぐには、三省興発から輸入した機械部品を、北朝鮮へ横流ししている。そして北朝鮮は、それを使って武器を製造している、というわけだね」

「そういうことです。もっと言えば、同じことがひそかに日本国内でも、行なわれている疑いがあります」

榊原が、ビールのグラスに伸ばした手を、引っ込める。

その日に、思いがけない警戒の色を認めて、美希は驚いた。

「国内で、ひそかに武器が製造されている、というのかね」

美希はその問いに答えず、ただ榊原の顔を見返した。

榊原は、小さく咳払いをしてから、あらためてグラスに手を伸ばした。

ビールをぐい、とあけて言う。

「それはあまり、穏やかな話ではないな。だいいち、どんな連中が武器を求めている、というんだ。かつての、左翼の過激派かね。それとも、しのぎができなくなった、反社会的勢力かね」

「分かりません」

「武器を手に入れて、どうするんだ。テロでもやってのけよう、というつもりか」

「分かりません」

美希は、同じ答えを繰り返してから、あとを続けた。

「かりに、この日本で諸外国なみのテロが発生すれば、公共の安全を確保するという名目で、治安体制が強化されることになるでしょう」

「それは当然、そういうことになるだろうな」

榊原は、美希の挑発に乗せられたように言い、それから急いで手を上げた。

「いや、そんなことにはならんと思うが、一応視野に入れておかなければならない、ということだ」

頰に赤みが差したのは、ビールのせいだけではないようだった。

美希が黙っていると、榊原はわざとらしく笑った。

「どうも、話がそれてしまったようだな。本題にもどそう。きょうきみを誘ったのは、いわゆる〈百舌事件〉の関係者が、次つぎと殺害されていくことに、危機感を覚えたからなんだ。残間記者が、理由も分からず消息を絶ったのも、その表われの一つといっていい。それはつまり、きみ自身にも危険が迫りつつある、ということでもある。よく覚えておいた方がいいぞ」

「分かっています」

短く応じると、榊原は拍子抜けしたように、眉根を寄せた。

「口だけじゃ、だめだよ。今の仕事も、さほど緊急というわけじゃなさそうだし、しばらくデスクワークでもして、おとなしくしていた方がいい、と思うがね」

「はい」

美希は、殊勝な口ぶりで返事をして、軽く頭を下げた。

何を探ろうとして、榊原が自分を食事に誘ったのか、はっきりした答えは得られなかった。

しかし榊原の背後に、三重島の影がちらちらしていることは、十分に察せられた。

三重島は美希に、手を引けと警告しているのだ。

38

榊原謙輔は、ハイヤーを待たせていた。

「わたしの家は、ここから車で五分ほどのところでね。そこでおりるから、あとはきみが家まで乗っていけばいい」

「お気遣いは、いりません。タクシーで帰りますから」

倉木美希が辞退すると、榊原はそれを無視して、待機する運転手に言った。

「わたしを送ったら、この人をご自宅まで頼む」

「かしこまりました」

榊原は運転手から、美希に目をもどした。

「遠慮しなくていいよ。そろそろ十一時半だし、不用心だから遠慮なく使ってくれ」

美希はためらった。

ずっと、一緒に乗って行くのはごめんだが、榊原がすぐにおりるならいいだろう、と考え直す。

「分かりました。それでは、使わせていただきます」

榊原に促されて、先に乗り込む。

車が走りだして、五分もしないうちに、榊原の住まいに着いた。

駅から歩いても、十分とはかからないと思われる、高級そうなマンションだった。

マンションが見えなくなると、美希は運転手に調布市布田《ふだ》の住所を告げ、シートに背を預けた。

運転手が、美希の言った住所をカーナビに登録し、車をスタートさせる。

美希はもう一度、榊原が自分を呼び出した理由を、考えようとした。

そのとたん、ハンドバッグの中で携帯電話が鳴りだし、ぎくりとする。

液晶画面をチェックして、もう一度、ぎくりとした。

たちまち、心臓が早鐘を打ち始める。

そこには、残間龍之輔の名前が、表示されていた。

退院後に登録し直した、新しい番号の携帯電話からかけてきたもの、と分かる。

「もしもし、残間さん」

大急ぎで呼びかけると、相手はすぐには答えなかった。

もう一度、呼びかける。

「もしもし、倉木です。残間さんよね」

すると、聞き覚えのない男の声が、おずおずと応じた。

「すみません。わたしは、残間さんじゃありません。残間さんのケータイから、かけているだけなんです」

頭が混乱する。いったい、どういうことだ。不安といらだちで、携帯電話を取り落としそうになる。

「あなたは、どなたですか」

詰問口調で問いかけると、相手は弱よわしく答えた。

「わたしは、首都警備保障のイザワ、といいます」

予期せぬ名前を聞いて、少し冷静さを取りもどす。

イザワ。

にわかに、伊沢という字が頭に浮かんで、記憶がよみがえった。

あれは、一年半ほど前のことだ。

三重島茂の別邸に、事情聴取のために他の捜査官とともども、乗り込んだ。

そのおり、邸内の警備にたずさわっていた、首都警備保障の警備員の一人に、伊沢という男がいた。

伊沢は、だれかの質問に答えて、一度だけ何かしゃべった。四十歳前後の男だった、と記憶している。

しかし、顔つきや声、話し方までは、思い出せなかった。

息を整え、気持ちを落ち着けて、語りかける。

「以前、伊沢さんを民政党の三重島幹事長の別邸で、お見かけした覚えがあります。事情聴取の際に、お話しになりましたよね、少しだけ」

「はい。そちらは確か、倉木さんとおっしゃいませんでしたか」

「そうです、倉木です。なぜわたしに、お電話なさったの」

「この、残間さんのケータイに、倉木さんのお名前が、登録されていたからです。なんとなく、お名前に見覚えがあって」

「そのケータイを、どこで手に入れたのですか」

美希の質問に、伊沢はすぐには答えず、何か言いよどんだ。

「あの、うまく言えないんですが、わたしのそばに男性が倒れていて、その人の上着を探ったら、このケータイが出てきたんです」

さっと体が冷たくなる。

「その男性は、だれですか。怪我《けが》をしているのですか。意識はありますか」

「ええと、だれか分かりません。生きているのか、死んでいるのかも」

美希は、体中の血が沸騰するのを覚え、息を吸い込んだ。

警備会社に勤務しながら、人が生きているか死んでいるかくらい、確かめることもできないのか。

そうとがめようとしたが、かろうじて自分を抑えた。

この車が榊原の専用車で、運転手の耳があるということに、思いいたったのだ。

あえて、声を押し殺す。

「お手数ですが、もう一度その人の様子を、確認していただけませんか」

伊沢は、ためらいがちに言った。

「ええと、すみません。麻酔薬で眠らされて、まだ頭がぼうっとしているので、確かめる自信がないんです。このケータイの持ち主なら、残間さんということになるでしょうが、わたしは残間さんの顔を知らないので、だれかは確かめられません。とにかく、もう息をしてないようです。首筋から、千枚通しの柄のようなものが、突き出ていますから」

沸騰した血が、急激に冷えていく。

言葉を失ったまま、美希は窓の外を流れ去る夜景に、目を向けた。

また、新たな〈百舌〉の犠牲者が、出たのか。

しかも、それがもし、残間だとすれば。

そう考えると、冬山にほうり出されたように、体が凍りつく。

いや、まだ残間と決まったわけではない。

しかし、残間以外に〈百舌〉にねらわれる男が、ほかにいるだろうか。むろん、大杉良太を別にして、だが。

そうだ、それも確かめなければならない。

車は、あまりにぎやかでない往還を、安全運転で走っている。

かなり前方の左手に、コンビニの看板が見えた。

美希は、とっさに声を低めて、伊沢に言った。

「電話を切らずに、このまま一分ほど待ってください」

それから身を乗り出し、運転手に声をかける。

「すみません。このあたりで、おろしていただけますか」

運転手は、とまどった様子で首を半分、後ろへねじ曲げた。

「ですが、室長がご自宅までお送りするように、と」

「急用を思い出したんです。そうだわ、あそこのコンビニの前で、お願いします」

「このあたりでは、タクシーもつかまりませんよ。どこか、近くの駅につけましょうか」

「いいえ、ここでかまいません」

美希が言い切ると、運転手は不本意そうに口を閉じた。

しかし言われたとおり、車を左に寄せて速度を落とし、コンビニの前に停める。

美希は、シートベルトをはずした運転手を制し、自分でドアをあけた。

「榊原室長に聞かれたら、自宅まで送ったと言っておいてください」

運転手は振り向き、美希にうなずきかけた。

「分かりました。お気をつけて」

走り去る車を見送り、急いでコンビニの駐車場に駆け込む。

「もしもし、伊沢さん。聞こえますか」

「はい、聞こえます」

「そばに倒れている男性の、外見を言ってみてください。太っているか、痩せているか。背が高いか、低いか。年齢はいくつぐらいか。なんでもいいから、言ってみて」

「すみません、ちょっと待ってください」

電話の向こうで、動く気配がする。

「わたしは、身長百七十五センチですが、それより高いように見えます。骨太な感じで、年齢は三十代後半から四十代前半、というところでしょうか。紺の上下を着て、デニムのワイシャツに、ノーネクタイです」

美希はへなへなと、コンクリートの上にしゃがみ込んだ。

伊沢の言った外見は、ほとんど残間に当てはまる。

気力を奮い起こし、問いかけた。

「今、どちらにいらっしゃるの。場所を教えてください」

「それが、はっきりしないんです。錦糸町で、一人で酒を飲んだんですが、店を出たあと道に迷って」

美希はいらだち、伊沢の話をさえぎった。

「手短にお願いします。さっき、麻酔薬で眠らされたとおっしゃったけれど、その前後にだれかに襲われて、気を失ったのでしょう」

先回りして言うと、伊沢はあたふたした。

「ええと、はい、そうです。後ろから襲われたんですが、相手は間違いなく弓削代表だ、と思います。〈オフィスまほろ〉の」

弓削ひかるの名を聞いて、さすがにどきりとする。

「どうして、そう思うの」

「女の声で、口ぶりとかに聞き覚えがあったし、ほかには思い当たりません」

頭も体も熱くなり、美希は携帯電話を握り締めた。

深呼吸して、気持ちを落ち着ける。

「それで、気を失ったわけね」

「そうです。そのあと、意識がもどらないうちに、ここへ運び込まれたので、場所が分からないんです」

女一人で、意識を失った大の男を人目もはばからず、運ぶことができるだろうか。

車を使ったとしても、もう一人手を貸す協力者が、いたのではないか。たとえば、洲走まほろが。

それにしたところで、簡単な作業ではなかっただろう。

もっとも、はた目にはただの酔っ払いを、二人がかりで車に乗せている、と見えたかもしれない。

話をもどす。

「襲われたのは、今夜の何時ごろですか」

「ええと、まだ十時前だったと思います。店を出るとき、時間を確かめたので。あの、今何時でしょうか」

聞かれて、携帯電話の時刻表示を確かめる。

「あと十分ほどで、午前零時になります」

「すると、気を失ってから二時間近くに、なりますね」

当惑した口調だ。

美希は話を切り替えた。

「今、あなたが閉じ込められている場所は、どんなところですか」

「ええと、窓のない、コンクリートで固めたような、殺風景な部屋です。ケータイの電波がつながったのが、不思議なくらいです。ドアが二つあって、一つはシャワールームですが、もう一つは鍵がかかっていて、あきませんでした。壁に鏡があります」

美希はそれを聞いて、玉川瀬田病院で残間から受けた報告を、思い出した。

残間は確か、今伊沢が説明したのと同じような部屋に、監禁されたと言った。

そんな部屋を、〈百舌〉がいくつも用意している、とは思えない。おそらく、同じ場所なのではないか、という気がする。

沈黙を破るように、伊沢は続けた。

「ただ、ちょっと思ったんですが」

そこまで言って、また言葉を途切らせる。

「なんですか」

「一年半ほど前に亡くなった、当社の元第一警備部長の、大角という上司が生前、こんなことを言っていたんです。三重島幹事長の別邸には、いろいろな隠し部屋がある、と。一つや二つじゃない、という口ぶりでした」

「隠し部屋」

おうむ返しに言って、美希は記憶をたどった。

あの別邸では、車椅子に乗せられた元警察官、紋屋《もんや》貴彦《たかひこ》のミイラ化した死体を、生きているかのように動かす操作盤が、離れの部屋に隣接する隠し部屋に、設置されていた。

その床下から、邸外へ脱出する抜け道もあった。

さらに、母屋の西側には警備員などが詰める、二階建ての別棟まである。

そうしたことを考えると、ほかにも邸内に未確認の隠し部屋や、抜け道があっても不思議はない。

伊沢は、少しのあいだ沈黙したあと、思い切ったように口を開いた。

「警察にはまだ話していませんが、稲垣社長の死体を千間山公園に遺棄したのは、実はわたしなんです」

虚をつかれる。

「ほんとうに。まさか、あなたが稲垣社長を殺害した、とでも」

美希が言いかけると、伊沢はあわててそれをさえぎった。

「違います、違います。だれが殺したか知りませんが、わたしはただ威されて、社長の死体を別邸から車で、発見現場へ捨てに行った。それだけなんです」

「だれに、威されたの」

「逆光で、顔はよく見えませんでした。しかし、声や話し方からして、やはり弓削代表だった、と思います。わたしが、ゆうべ遅く別邸の庭を巡回していると、代表が急にガレージから、出て来たんです」

美希はまた、携帯電話を握り締めた。

今夜、伊沢を襲って拉致した弓削ひかるが、前夜も別邸で伊沢の前に姿を現わした、というのか。

混乱した頭を、整理しようと努める。

もしかすると、ひかるも洲走まほろもずっと、捜査陣が見落とした邸内の隠し部屋に、潜伏していたのではないか。

伊沢が続ける。

「それで、代表から死体をどこかへ捨てて来るように、と命令されたんです。コートにくるまれていたので、そのときはそれが稲垣社長の死体だとは、気がつきませんでした。捨てたあと、そのまま別邸へもどったわけです」

「もどったとき、弓削代表はどうしていたの」

「いなくなっていました。ただ、詰所へもどろうとしたとき、だれかに後ろから首筋を殴られて、気を失ってしまったんです」

前夜にも、そんなことがあったのか。

「それも、弓削代表のしわざだ、と」

「分かりません」

大の男を、女が首筋を殴って失神させることなど、できるだろうか。スタンガンなり、ブラックジャックのようなものを使えば、話は別だが。

しかし何か、しっくりしないものがある。

「でも、そのときはどこかへ閉じ込められたり、しなかったのね」

疑問をぶつけると、伊沢は言いにくそうに応じた。

「実は殴られた直後、交替のためにわたしを捜しに来た、別の警備員が倒れているわたしを、見つけてくれたんです。そのために、殴った相手はわたしを連れ去るだけの、余裕がなかったんだと思います」

それなりの筋は、通っているようだ。

「ところで、そのことを会社には、報告しなかったの」

「あとがこわくて、報告できなかったんです。助けてくれた警備員にも、急にめまいがして倒れた、と嘘をつきましたし」

伊沢の対応にいらだちを覚え、美希は少し強い口調でなじった。

「どうしてあなたは、弓削代表の言いなりになったの。たとえ公開捜査でないにせよ、あの人が警察の捜索対象の一人だ、ということは知っていたでしょう。あなたも、別邸でのあの事件に多かれ少なかれ、関わっていたのよ。知らないはずがないわよね」

さすがに伊沢は、たじろいだようだ。

「ええと、それはなんとなく、知ってはいました。しかし、代表の後ろには、三重島幹事長がついていますし、逆らうとどんなことになるかと、怖かったものですから」

しどろもどろで、切れぎれに言い逃れようとする。

美希は、なおも追及した。

「それだけじゃないでしょう。もしかして、前の事件のさなかに大角大介の死体を、祖師谷公園に捨てたのも、あなたのしわざじゃないの」

はったりをかけると、伊沢はそのまま沈黙した。

「どうなの。あなたが、直接手をくだしたのでなければ、ただの死体遺棄罪ですむわ。正直に言いなさい」

ため息が聞こえ、伊沢が口を開く。

「おっしゃるとおりです。やはり殺された、別邸警備の責任者の御室主任に命令されて、大角部長の死体を捨てに行きました。なぜか、代表はそのことを知っていて、言われたとおりにしなければ、それを警察に通報する。場合によっては、大角殺しもわたしのしわざにする、と威されたんです」

そのとき、急に通話に雑音がはいった。

伊沢が、あわてた口調で言う。

「すみません、電池が切れそうなんです。代表がもどって来たら、わたしも殺されると思います。すぐに、助けに来てもらえませんか。もし助かったら、知っていることは洗いざらい、しゃべりますから」

「そこはほんとうに、三重島の別邸なの」

「確信はありませんが、そうとしか思えません。もし違っていたら、あきらめます」

焦っているのか、急に早口になった。

「別邸には、北府中署の署員が警備のために、常駐しているんじゃなかったかしら」

「それは、あの事件のあと、少しのあいだのことです。その後は、わたしたち首都警備保障のスタッフが、交替で警備を引き継いでいました。もっとも、警備員は二人だけで、巡回も一人ずつになっています」

「毎日、詰めているのですか」

「毎日は毎日ですが、午後六時から午前零時までの、六時間だけです。ただし今夜は、稲垣社長の遺体が発見されたために、別邸の警備は中止になりました」

美希は、考えを巡らした。

その程度の警備状況なら、弓削ひかると洲走まほろのどちらか、あるいはその両方が邸内に潜伏することは、不可能ではない。隠し部屋があるなら、なおさらのことだ。

まして、今夜の警備が中止になったとすれば、ひかるもまほろも自由に動ける。

美希が黙ったままでいると、伊沢が切羽詰まった声で訴えた。

「代表がもどって来たら、わたしはきっと殺されます。今、どちらにおられるのか知りませんが、一分でも早く助けに来てください。お願いします」

必死の口調に、美希もほうっておけなくなった。

「分かりました。できるだけ早く行きますから、とにかく時間稼ぎをしてください。かりにそこが別邸だとして、中にはいれるかしら」

「塀を乗り越えれば、はいれます。弓削代表が中にいるなら、警報装置は切ってあるはずです。作動したら、警察がやって来ますから」

確かに、そのとおりだ。

警報装置が、一つの目安になる。

伊沢は、早口で言った。

「もう一つ、別棟の裏側にほとんど使われていない、ごみの焼却炉があります。炉が設置された床に、鉄板の上げ蓋があったのを、覚えています。引き上げ式の取っ手が、蓋の一部に埋め込まれているだけで、錠前や鍵はついていません。試しに、一度上げてみたことがあるんですが、下へ鉄梯子《てつばしご》が延びていました。おりてみようかとも思ったんですが、気色が悪いのでやめにして、蓋をもどした覚えがあります。もしかすると、それが隠し部屋の入り口じゃないか、という気もするんし」

そこで突然、通話が途切れた。

あわてて呼びかけたが、伊沢からの応答はない。

携帯電話からは、なんの音もしなくなった。

39

クレドール池袋の理事会は、午後六時から三時間半にも及んだ。

オブザーバーとして、その場に立ち会った大杉良太は、疲れきって自室の事務所へもどった。

マンションの持ち主との約束で、二カ月に一度開かれる理事会にはかならず、オブザーバーとして出席しなければならない。

今回は、周辺の飲食店から出る調理のにおいを、なんとかしてほしいという、複数の居住者からの要望にどう対応するかが、議題の一つになっていた。

西側に隣接するビルの、送風ダクトから吹き出すニンニク、カレー、焼肉等のにおいが室内まで流れ込み、とても耐えられない。せめて、ダクトの吹き出し口の高さや向きを、変更するように交渉してほしい、という訴えだった。

対応するためには、ダクトの方向変更工事の費用を、どちらがどれだけ負担するかを、相手方と交渉しなければならない。その手順や、金額負担の割合を相談するのに、時間がかかったのだ。

しかも、まだ結論が出ていない。

もどってすぐ、忘れないうちにメモをまとめて、報告書を作成した。めんどうな仕事ほど、早く片付けなければならない。ほかに考えることが、たくさんあるのだ。

そのあと、遅い夜食をとりに出た。すでに、午後十一時を回っていた。

近所の、顔なじみの中華料理店で、ラーメンを食べる。

食事のあいだ、疲れた頭に浮かんでくるのは、残間龍之輔のことばかりだった。

この日の昼間も、本業の身元調査の仕事を続けながら、吉報を待っていた。しかし、残間本人からも平庭次郎からも、連絡はなかった。

実家にいた残間が、実際にだれかに電話で呼び出されたのか、みずからの考えで行方をくらましたのか、それさえ分からない。

どちらにせよ、自分や倉木美希に一言の相談もなく、平庭にさえ何も告げずに姿を消すなど、考えられないことだ。

むろん、なんらかの理由があることは、間違いない。ただ、それがどのような理由なのか、思い当たるものはなかった。少なくとも、〈百舌〉からの呼び出しだったなら、残間が大杉に黙って応じるはずがない、と信じたい。

それにしても、首都警備保障の社長稲垣志郎の死体が、残間のネーム入りのトレンチコートにくるまれて発見された、という知らせには意表をつかれた。

見つかった死体が、とりあえずは残間でなかったことで、ほっとしたのは事実だ。そのため稲垣の死を、あまり深刻に受け取らなかったことも、否定はできない。

しかし、よくよく考えれば稲垣はまさしく、〈百舌〉の手にかかって死んだのだ。深刻な事態であることに、変わりはない。

稲垣は、三重島茂のふところ刀だったし、一連の事件にも深く関わっていた。〈百舌〉に殺されたのは、自業自得といっても過言ではない。

しかし、その稲垣にも妻がいるはずだし、おそらく子供もいるだろう。

陰で何をしていたにせよ、家族にとって稲垣はいい夫であり、いい父親だったかもしれないのだ。

そんなふうに考えると、ひとごととは思えなくなる。年をとったせいだろうか。

いや。

稲垣が、〈百舌〉の手にかかったのは、確かにひとごとではない。

稲垣の死体処理に、ネーム入りのコートが使われた以上、残間が〈百舌〉の手に落ちたことは、疑いがない。この事態を、軽く見ることはできない。

いわば、外堀から埋められていくような具合に、いずれは〈百舌〉が残間や大杉自身、さらには美希までねらってくるのは、十分予想されることだった。

そして、そのもっとも近いところにいるのが、今現在居どころの知れない残間なのだ。

とにかく、残間とまったく連絡がとれない以上、よくないことが起こったとしか、考えようがない。

食事をしているこのときにも、残間に危機が迫りつつあるかもしれない、と思うと食欲も失《う》せてくる。

外に出たときは、だいぶ風が冷たくなっていた。すでに、午前零時を回ってしまった。

事務所へもどると同時に、携帯電話が鳴りだした。

一瞬、残間龍之輔ではないか、と胸が躍る。

しかし、その期待ははずれた。かけてきたのは、倉木美希だった。

「良太さん。今、どこにいるの」

のっけから、緊張した声で言う。

「ちょっと、待ってくれ」

大杉は、ソファに積んであった書類を、テーブルに移した。

腰をおろして応じる。

「夜食を食って、事務所にもどったところだ。何かあったのか」

「あったわ。ゆっくり、話をしている暇はないの。これから、三重島の別邸に急行してちょうだい。わたしも行くから、あちらで落ち合いましょう」

三重島の別邸、と聞いてとまどう。

「どうしてだ。わけを言ってくれ」

「とにかく、タクシーを飛ばして、すぐに来てほしいの。タクシーに乗ったら、電話をちょうだい。詳しい話は、そのときにするわ」

その口ぶりから、ただごとではないと直感した。

「分かった。ただ、別邸に行ったのはずいぶん前だし、場所をよく覚えてない。確か府中市の、白糸台だったよな」

「白糸台一丁目。中央高速に乗って、調布インターでおりるの。それから、甲州街道をしばらくくだると、多磨霊園南参道と交差する十字路に、ぶつかるわ。その脇に交番があるから、そこで落ち合いましょう」

「残間に、関係あるのか」

「もちろんよ。あ、こっちもタクシーが来たわ。今世田谷の、千歳船橋の近くなの。それじゃ、あとでね」

そのまま、通話が切れた。

大杉は、スタンガンやフラッシュライトなど、七つ道具のはいったバッグをつかみ、事務所を飛び出した。足音を殺す、ラバーソールの靴をはいた。

五分後、川越《かわごえ》街道でタクシーに乗り込み、美希に説明されたとおりの行く先を、運転手に告げる。

運転手が、カーナビに行く先を入れるのを待って、美希に電話をかけ直した。

美希によると、前日警察庁特別監察官室の元上司で、室長を務める榊原謙輔から声がかかり、今夜九時から千歳船橋にある小料理屋で、食事をしたという。

さらにそのあと、専用車で榊原を自宅へ送って一人になったとたん、首都警備保障の伊沢なにがしと名乗る男から、電話を受けた。

伊沢はやぶからぼうに、先刻弓削ひかると思われる女に拉致され、どこかに監禁されている、と訴えた。その場所がどうやら、三重島茂の別邸らしいのだ。

美希は、伊沢から聞かされた話の内容を、さらに詳しく報告した。

衝撃を受けたのは、伊沢はそばで見知らぬ男が死んでいると言い、それがどうやら残間ではないか、と疑われることだった。

美希は、まだ残間と決まったわけではない、と強調する。

しかし、その緊迫した口調から十中八九、残間だと覚悟を決めていることは、明らかだった。

話をすべて聞き終わったあと、大杉はいくつか腑に落ちない点について、確かめようと思った。

車は山手《やまて》通りから、中央環状線に乗って新宿線にはいり、中央自動車道に向かう。

事故でもあったのか、途中からのろのろ運転になった。

そのあいだに大杉は、美希に疑問点をただした。

「いくつか、聞きたいことがある。まず、伊沢の話がどこまで信用できるか、だ。夜の十時前後に、まだ人目があるはずの錦糸町の裏通りで、女が男を麻酔薬で眠らせるなんて荒わざを、やってのけられるか。やったとしても、どうやってそいつを運ぶんだ」

運転手の耳が気になるので、さすがに小声にならざるをえない。

「それは、わたしも考えたわ。ただ、弓削ひかると洲走まほろが二人がかりで、車を使ってやればできなくはない、と思うの。だれかが目撃しても、酔っ払いを運んでいるだけにしか、見えないから」

大杉は、一つ息をついた。

「分かった。それはそれで、よしとしよう。腑に落ちないのは、〈百舌〉がなぜ伊沢のそばの死体に、残間のケータイを残したか、という点だ。まるで、どうぞお使いください、と言わんばかりじゃないか。わざとそうした、としか思えないぞ」

「そのことも、考えたわ。たぶん〈百舌〉は、伊沢がそれを使うことを想定して、残したのよ」

「使うにしても、なぜ伊沢は真っ先にきみにかけたのか、という疑問がある。別邸で、一度だけ顔を合わせたという話だが、きみは少なくとも警察官だ。伊沢にすれば、まず警察だけは避けて会社なり、自分の同僚や上司のケータイなりに、助けを求めるのが筋じゃないか」

美希は、少し黙ってから、短く応じた。

「確かに、そうね」

「詰まるところ、これはおれたちを別邸におびき寄せるための、えさじゃないか。だいいち、コンクリートの密室に監禁された伊沢に、そこが三重島の別邸の隠し部屋だなどと、見当がつくはずはない。焼却炉の上げ蓋なんぞ、たとえ実在したとしても、罠《わな》に決まってる。もぐったとたん、待ち伏せにあうか出られなくなるか、どちらかだぞ。たぶん、電話する伊沢のそばに〈百舌〉がいて、そう言うように指示したんだ。威されたのか、自分の意志でそうしたのかは知らないが、伊沢の電話は間違いなく、罠だ」

「やっぱり、そうかしら。わたしも、同じことを考えたんだけど」

大杉は、ため息をついた。

「それでもやはり、ほうってはおけない、というわけだろう」

「ええ。だから、良太さんに電話したのよ」

「そうだろうとも。とにかく、生きているにせよやられちまったにせよ、残間がそこにいるかもしれないとなれば、肚を決めて行くしかないな」

四十五分後。

大杉のタクシーは、甲州街道と多磨霊園南参道の交差点に、到着した。

車を捨て、横断歩道を急ぎ足で渡って行く大杉を、角の交番を背にして待ち受ける美希の姿が、街灯の明かりに薄暗く浮かんでいた。

40

三重島茂の別邸は、闇に沈んでいた。

建物からも庭内からも、明かり一筋漏れてこない。真夜中だけに、周囲の住宅街も寝静まり、森閑としたたたずまいだ。

あらためて、その敷地の広さに、驚かされた。

北側に、道路を隔てて大きな墓地が広がり、東側にはこれまた広い境内を持つ、古い神社がある。

大杉良太は、高い石塀に守られた別邸の周囲を、一回りしてみることにした。

倉木美希を後ろに従え、先に立って歩きだす。

月は出ておらず、頼りはわずかな星明かりと、薄暗い街灯だけだ。

前回の事件のおりは、別邸と神社の境内をつなぐ地下通路から、〈百舌〉に擬せられた山口《やまぐち》タキが、ひそかに脱出したとみられていた。たまたま、境内の見張りに立った娘のめぐみが、それらしい人影を目撃したのだ。

もっとも、発見された地下通路は警備保安上の理由から、その後ほどなく埋められた、と聞く。

境内を抜けて、別邸の南側に出た。

そこは、二階建ての公共施設に接しており、かなりの高さのコンクリート塀で、さえぎられている。行き来はできないだろう。

西側へ回ってしばらく歩くと、見覚えのある別邸の通用門の鉄柵が、目にはいった。

やはり前回の事件で、大杉は生活経済特捜隊の車田聖士郎らとともに、この通用門からなんの法的根拠もないまま、邸内に潜入して捜索を行なったのだった。

鉄柵の合わせ目には、大きな南京錠《ナンキンじよう》つきの錆《さ》びた鎖が、巻きつけてある。柵は、高さおよそ二メートルで、上部が槍《やり》のようにとがっている。

柵の鉄棒の間隔は、十五センチほどしかないから、とても抜けられない。乗り越えるとすれば、横向きの鉄棒を足場にするしかないが、女の美希には無理な相談だ。

大杉にしたところで、これまでに負った数かずの古傷、年齢からくる筋力の衰えを考えると、とても越えられそうにない。

「これじゃ、警報装置が切られていたところで、中にはいれないな」

「そうね。わたしはともかく、良太さんのその体型では、柵を越えるのは無理ね」

むきつけに言われて、苦笑する。

「そのあたりの家で、梯子でも借りて来るか」

今度は、美希が笑った。

「雪国じゃあるまいし、今どき梯子を置いている家なんか、ないわよ」

それから、ふと真顔にもどる。

「待って。確か、この通用門はボタンセンサーのキーで、開閉できたはずだわ。このチェーンは、ただの飾りじゃないかしら」

そう言って、鉄柵の合わせ目に、顔を寄せる。

「ちょっと見て。この南京錠、やはりはずれているみたいよ」

「ほんとか」

大杉は、首から肩へかけ回したバッグから、小型のフラッシュライトを取り出した。

南京錠を照らすと、確かにU字形の留め具の一方が、穴から抜けている。

それを引きはずし、巻きつけられた鎖を音のしないように、慎重にほどいて柵から取りのけた。

美希が、さらに顔を寄せて鉄柵の合わせ目を、丹念に調べる。

「見て。差し込み錠が、引っ込んでいるわ」

大杉も顔を寄せ、合わせ目を調べた。

美希の言うとおり、差し込み錠のラッチが引っ込んでいる。

鉄棒を握って、静かに押してみる。

鉄柵の門は、かすかにきしみながら、あっけなく内側に開いた。

「あいたぞ。鍵はかかってなかったんだ」

大杉がささやくと、美希もささやき返す。

「警報装置も、作動しないようね」

「ということは、弓削ひかると洲走まほろの、少なくともどちらか一人は、屋敷の中にいる可能性があるわけだな」

「ええ」

それでも大杉は、すぐには中にはいらなかった。

「見えみえの罠か」

そうつぶやくと、美希が笑いを含んだ口調で、応じる。

「わざと、見えみえにしてあるのよ」

「こちらの好奇心を、あおるためにか」

「というより、ここで尻込みしたら男がすたる、と思わせるために」

「向こうは女一人で来る、と思ってるんじゃないかな」

「わたしが、一人で乗り込んで来るなんて、考えるはずがないわ。当然、良太さんに声をかけて、一緒に来ると読んでいるわよ」

そのやりとりで、大杉はふと冷静になった。

振り向いて、美希を見る。

「すっかり、忘れていた。平庭にも、声をかけるべきじゃなかったか」

星明かりの下に、虚をつかれたような美希の顔が、浮かび上がった。

「そうね。わたしもあわてていて、忘れてしまったわ。残間さんが、ここにとらわれているとすれば、平庭さんにも知らせるべきだったかも」

「平庭がいたら、このあたりで待機させることも、できたんだがな」

「今からでも、遅くはないわ。状況だけでも、伝えておきましょうよ」

美希は門柱に体を寄せ、携帯電話を操作し始めた。

そのあいだに、大杉は開いた鉄柵の隙間から、邸内にすべり込んだ。

頭上は、厚く茂った木々の葉におおわれ、星明かりも届いてこない。足元に、落ち葉を踏む感触がないところをみると、木はどれも常緑樹なのだろう。

記憶によれば、敷地の北側から東側にかけて、渡り廊下でつながった離れを含む、平屋造りの大きな本棟がある。逆に西側へ回って行くと、警備員の詰所や来客用に使われる、別棟が建っているはずだ。

美希が、中にはいって来た。

「こういうときに限って、つながらないのよね。電源を切っているのかしら」

「メッセージを、残しておいたらどうだ」

「ええ、メールを打っておいたわ。気がつきしだい、この別邸に来るようにって。住所さえ知らせておけば、来られるでしょう」

大杉は、考えを巡らした。

「きみは、この門のところで、待機していてくれ。屋敷へもぐり込んだあとで、平庭かからかかってきたりしたら、めんどうだからな」

「一人で、だいじょうぶなの」

「だいじょうぶだ。一人の方が、動きやすい」

美希がうなずく。

「分かった。何かあったら、ケータイに連絡して。それと、平庭さんがまっすぐここへ来たら、あとを追うわ」

「追って来るなら、平庭一人でいい。きみはここに残れ。万一のときに、応援を呼ぶ人間が必要だからな」

美希は、少しのあいだ黙ってから、そっけなく言った。

「焼却炉は、庭の西側よね」

「そうだ。この門から、南の方へ回って行くと、二階建ての別棟がある。焼却炉は、その裏手のはずだ。伊沢とやらの言うとおり、その中に地下への入り口があるのなら、行ってみるしかない」

「何か、武器になるものを、持って来たの」

大杉は、肩にかけ回したバッグを、叩いてみせた。

「スタンガンと、小型のハンティングナイフがある」

美希が、無理に作ったような笑いを、頰に浮かべる。

「どこかに、拳銃の一丁くらい隠しているか、と思ったのに」

「そっちこそ、何か用意して来たのか」

「ううん、丸腰よ。良太さんだけが、頼りなんだから」

大杉は苦笑した。

「平庭が現われたら、とりあえず焼却炉まで来て、待機させてくれ。ケータイの電池は、残ってるか。おれの方は、まだ余裕があるが」

「わたしの方も、だいじょうぶよ。マナーモードにして、手に持っていてね」

少し考える。

「よほどのことがないかぎり、そっちからはかけないでくれ。できるだけ、こっちから状況を伝えるようにする。それと、平庭がやって来るまで、門は閉じておいた方がいい。だれかが通りかかって、不審を抱くかもしれんからな」

「分かった。気をつけてね」

大杉は向きを変え、フラッシュライトで地面を照らしながら、奥へ向かった。

ほどなく、星明かりを背に二階建ての建物が、ぼんやりと浮かび上がった。

今では、ほとんど死語化してしまった感があるが、その昔モダンで瀟洒な建築物の典型として、〈西洋館〉と呼ばれたしろものだ。

建物は闇に包まれたまま、しんとしていた。

モルタルらしき壁が、すべて白く塗られているために、闇に浮き上がって見える。建物を這う蔦《つた》は、ほとんど枯れてしまったようだ。

フラッシュライトを消し、木立の中を建物の横から裏手の方へ、回って行った。

建物の一階部分は、さほど凹凸がない。窓はすべて、観音開きの外扉でふさがれており、ほとんど雨ざらしというおもむきだ。

外壁に沿って角まで行き、建物の背後をのぞいてみた。裏塀とのあいだに、十メートル以上の余裕があり、そこも途中から木立になっている。

その中に、灰色のコンクリート製とおぼしき、トーチカのようなものが見えた。

高さ三メートル、横幅が四メートル近くもありそうな、四角い構造物だ。平らな屋根から、煙抜きのダクトが木立の中に突き出し、正面には鉄製らしい黒いドアがついている。

いつごろ、この別邸が造られたのか知らないが、これほど大きなごみの焼却炉が、個人住宅の敷地内にあるのは、珍しいだろう。かなり、古い時代のものであることは、間違いない。

明かりを消したまま、用心しながら焼却炉に近づく。

一回りしてみたが、人のいる気配はない。

真裏に、鉄格子がはまった窓が、一つあった。明かり取りと、換気口を兼ねたような、小さな窓だ。正面のドアを除いて、ほかに開口部はない。

鉄のドアの正面に立ち、至近距離でライトをつけた。

ドアは赤黒く錆びており、大きな掛け金がついている。しかし、横棒は受け金からはずれ、垂直に下がったままだ。錠のようなものも、見当たらない。

ライトを近づけ、その部分を照らしてみた。

横棒にはこすれた跡があり、そこだけ錆《さび》がこそげ落とされたように、鈍く光っている。ごく最近に、開閉された形跡が見てとれた。通用門の鉄柵と同じように、はいってください、と言わぬばかりだ。

その、あまりにも見えみえのやり口に、かえって冷や汗が出る。罠であることを、わざわざ相手にほのめかした上で、それでも来られるものなら来い、というあからさまな挑発が、感じとれた。

ライトを消し、左手に持ち替える。

スタンガンを取り出して、右手にしっかりと握った。

だいぶ前に、護身用として買ったものだが、実地に使ったことは一度もない。いくつか種類があるらしいが、これは中程度のパワーのものだ、と店員に言われた。

どちらにせよ、一発で相手を昏倒《こんとう》させるような、強烈なパワーはないという。少なくとも、日本ではその程度のレベルに、抑えられているらしい。どだい、映画や小説の世界とは、わけが違うのだ。

ただ、放電するとかなりの火花と音を発するので、ふつうならばそれだけでも十分に、抑止や威嚇の効果があるだろう。

これまでの〈百舌〉の手口をみると、千枚通しを扱う腕もさることながら、かなりの体力の持ち主らしい。

美希の話によれば、弓削ひかるにせよ、山口タキこと洲走まほろにせよ、それほど大柄ではない、という。何か特別な能力を、持っているのかもしれない。

いずれにしても、並の女を相手にするのと違うことを、覚悟しなければならない。

大杉は、一つ大きく、深呼吸をした。

掛け金の取っ手をつかみ、そっと引いてみる。

鉄のドアは、かなりの抵抗を示しながら、重いきしみ音とともに開いた。かすかに、かび臭いにおいが、鼻をついてくる。

中はほとんど真っ暗で、正面の小窓から差し込んでくる、かすかな星明かりだけが、目に映った。

ドアの内側を調べると、中からも開閉できるように外側と連動する、同じ掛け金がついている。

大杉は、ドアを開いたままにしておき、内部をライトで照らした。

広さは八畳ほどか、床から天井まですべてコンクリートで、固められている。

右手の壁に、頑丈そうな大型の焼却炉が、据えつけてある。ふつうのおとなが、楽にはいれる大きさだ。

正面と左手の壁には、同じくコンクリートの作業台のようなものが、造りつけで張り出している。上には何も載っておらず、台の下もあいたままだ。

大杉は、ライトを当てながら窓側の壁に近づき、台の下を調べてみた。左から右へ、光を移動させていく。

左端の、角の下に明かりが当たったとき、床にはめ込まれた四角い鉄板が見えた。かがんで目を近づけると、引き上げ式になった取っ手が、ついている。

今夜、美希との通話が途切れる直前に、伊沢とやらが急いで告げたという、地下への入り口に違いない。

膝をついて、さらに目を近づける。

埋め込まれた、取っ手の収納部分にはうっすらと、ほこりがたまっていた。取っ手そのものにも、最近だれかが手を触れたような跡は、残っていない。

もしこれが罠ならば、門の鉄柵や焼却炉の掛け金と同じように、挑戦的な細工が施してあるはずだ。

じっくり目で調べたが、別に不審な点はない。

大杉は立ち上がり、痛くなった膝を休めた。

それから、あらためて取っ手に手を伸ばし、ぐいと引き上げた。

そこそこの重量はあったが、上げ蓋は音もなく持ち上がって、そこに一辺が五十センチほどの、四角い穴があいた。

さらにほこり臭い、湿ったにおいが立ちのぼってきたので、思わず顎を引く。

蓋の片側に、蝶番《ちょうつがい》が二つついていた。

大杉は、音がしないように上げ蓋をそっと、壁にもたせかけた。

穴の中を、照らしてみる。

伊沢が美希に告げたとおり、穴の壁面に鉄梯子が埋め込まれている。
四、五メートルの深さの位置に、コンクリートで固められた床が、ぼんやりと見えた。
穴はさほど大きくないが、一人ならよほどの肥大漢でもないかぎり、つかえずにおりられるだろう。

しかし、生きていて意識があればともかく、死んだ人間や意識を失った人間を、かついだり抱えたりして、この穴から下まで運び下ろすのは、大の男でも至難のわざだ。もちろん、いちはやく死体にして投げ落とした、というなら話は別だが。

取っ手や、周辺のほこりのたまり具合からしても、それはなかったと考えてよかろう。現に、そうした作業が行なわれた形跡は、どこにも見当たらない。

もし、残間龍之輔や伊沢なにがしが実際に、生きてこの建物の地下に連れ込まれたのなら、どこか別に手早く作業できる出入り口が、隠されているはずだ。

とはいえ、今さらここで穴にもぐるのをやめ、別のルートを探す余裕はない。

大杉は携帯電話を取り出し、美希にメールで焼却炉の位置と状況を、打ち込んだ。

さらに、これから地下へもぐることを伝え、とりあえず電源を切る。

フラッシュライトを消し、スタンガンと一緒にポケットにしまって、首にかけたバッグを背後に回した。

穴の縁に手をつき、足からそろそろとはいる。

鉄梯子は、鉄棒こそあまり太くないものの、しっかりとコンクリートに埋め込まれており、びくともしない。

ラジオ体操や腕立て伏せを、ここ何年も毎日続けているせいか、梯子を数メートルくだるくらい、どうということはなかった。

ほどなく足の下で、鉄梯子が途切れる。

さらに、足で探りながら腕だけで二段おりると、固い感触の床に爪先《つまさき》が触れた。

フラッシュライトを取り出し、明かりをつける。

穴の底は、二畳ほどの広さの空間になっており、やはり打ち放しのコンクリートで、おおわれている。

コンクリートは、かなり年をへてくすんだ色に変わり、かびのにおいが強い。表面に触れると、湿った感触があった。

東側の壁が、くり抜かれている。

ライトを向けると、やはりコンクリートで塗り固められた、奥へまっすぐ延びて行く通路が、ぼんやりと見えた。

天井がアーチになった、馬蹄《ばてい》型の通路だった。

通路の幅は、八十センチほどしかないが、高さは百七十センチくらいあり、少し身をかがめれば、歩けそうだ。

方角的にみて、その通路が別棟の西洋館の下へつながることは、一目瞭然だった。

美希が伊沢から聞いたとおり、この別邸には本棟ばかりではなく、別棟にも隠し部屋や地下通路が、造られているらしい。

ほかに、行き場はない。

ためしに、携帯電話の電源を入れてみる。液晶画面のアンテナは、一本も立たなかった。

しかし、伊沢なにがしと美希との通話は、つながっていたはずだ。これが罠でないとすれば、電波のオン・オフを操作する装置が、取りつけられているに違いない。

携帯電話をしまい、スタンガンを上着のポケットから、腰の前のベルトに移し変える。

さらに、バッグからハンティングナイフを、取り出した。それを、革ケースの蓋を開いた状態にして、腰の後ろのベルトに差し込む。

どちらにせよ、使ったことも使う訓練をしたこともないが、ないよりはましだろう。

一つ深呼吸をして、大杉は目の前の地下通路に、踏み込んだ。

41

周囲が真っ暗闇のせいか、光が明るすぎる気がする。

フラッシュライトは軍事仕様で、小型にもかかわらず光量が大きく、照射距離が長い。しかし、その分相手に気づかれやすい、という難点がある。

大杉良太は、ライトの前面に左手をかざし、光線をさえぎった。そうすると、明かりは上下左右に分散されて、前方に当たる光が弱くなる。

ときどき、光が前方に届くように指を広げ、様子をうかがいながら進んだ。

二十メートルも進んだところで、通路が直角に左へ曲がっていた。

その角からのぞくと、五メートルほど先にやはり鉄製らしい、茶色のドアが見えた。

背後を確かめ、ライトを消して角を曲がる。

闇になった通路の、前方に待ち受けるドアの下から、光が漏れているのが分かった。

フラッシュライトを、バッグの中へ落とし込む。

右手で、腰に挟んだスタンガンを、引き抜いた。

漏れてくる、ドアの下の光を目当てに、通路をゆっくりと進んで行く。

〈百舌〉が伊沢を通じて、倉木美希をここに呼び寄せたとすれば、大杉が一緒にやって来ることは、ある程度想定しているだろう。いや、そうであってほしい、と願っているに違いない。

とはいえ、それにこちらがかならず乗ってくる、という保証はどこにもない。美希が、機動隊の一個中隊を引き連れ、この別邸を急襲する可能性があることも、当然考慮に入れているはずだ。

少しでも、そのような気配を感じとれば、〈百舌〉は姿を現わすまい。

万が一、そういう展開になったときは、ここから邸外のどこかへ脱出する、隠し通路が用意されていることは、確実と思われる。

〈百舌〉はすでに、今の時点で美希と大杉が、二人きりでやって来たことを、察知しているだろう。だとすれば、〈百舌〉が行く手のドアの向こうで、てぐすね引いて待ち構えていることは、間違いない。

たとえ、飛んで火に入る夏の虫になろうとも、ここで引き返すわけにはいかない。

残間龍之輔とは、どんな危険にさらされようと、お互いに見捨てないという、暗黙の了解ができている。それだけの、深い付き合いを重ねてきた。

残間を見捨てるのは、自分を見捨てるのと同じことだ。

大杉はドアに顔を寄せ、じっと耳をすました。

なんの音も聞こえない。そのまま、たっぷり一分は聞き耳を立てたが、同じだった。

思い切って、ドアを探る。

取っ手は、右側だった。金属製で、縦型のバーになっている。手に、表面が錆びたような、ざらざらした感触がある。

引いてみると、ラッチのはずれる重い手ごたえが、伝わってきた。施錠されておらず、通路に光が流れ出す。

いっぱいに開くと、中はリノリウムらしい床の横長の部屋で、視野の中に人の姿はなかった。

ドアの縁に、靴の先を突き入れて、閉じないように支える。その格好で、中の様子をうかがった。

正面の白壁に、五十センチ四方ほどの大きさの、小窓が切ってある。ガラスの向こう側は暗く、何も見えない。

小窓の下の壁に沿って、幅一・五メートル、奥行き六十センチほどの作業台が、取りつけられている。

その上に、古臭い型のチューナーかアンプのような器具が、置いてあった。

天井を見ると、安っぽいシャンデリアまがいの、ごてごてと飾りを施した照明器具が、目に飛び込んでくる。

光源は、昔ながらの白熱電球を使っているせいか、もう一つどんよりとした光で、あまり明るくない。

大杉は、ゆっくりと部屋に踏み込んだ。

だれもいなかった。

取っ手から手を離すと、ドアは背後でゆっくりと閉じて、ラッチのはまる音がした。

念のため向き直り、取っ手を中から押してみると、ドアは抵抗なく開いた。オートロックにはなっておらず、閉じ込められたわけではない、と分かる。

もう一度、ゆっくりと部屋の中を、見回した。

正面の作業台以外に、調度品は何もない。刑事が、容疑者の面通しに使う部屋でも、もう少し愛想があるだろう。

左手の隅に、小さなくだり階段らしきものが見え、前の壁にくぼみがうがたれている。

調べてみると、そこに段が四つだけの短い階段があり、おりきったくぼみの奥に、別のドアが見えた。

ためしに、段をおりて取っ手を試したが、びくともしない。やはり鉄製のドアだが、ここはしっかり施錠されている。

大杉は段を上がり、もとの場所にもどった。

先へ進む手立てがない以上、ここが終点ということになる。

だとすれば、だれかがどこかにひそんで、この部屋の様子を見ているはずだ。目につかない場所に、隠しカメラなり隠しマイクが、仕込んであるに違いない。

探そうかと一歩踏み出したが、その動きも見られているかもしれないと思うと、急にばからしくなった。

大きな声で、呼んでみる。

「だれでもいいから、さっさと出て来たらどうだ。注文どおりに、来てやったんだ。挨拶くらい、するのが礼儀だろうが」

「噂どおり、威勢のいい人ですね」

突然、どこからか声が聞こえてきたので、大杉は驚いてあたりを見回した。

その昔はやった、ヘリウムガスを吸ってしゃべるような、甲高い声だ。男か女かも、にわかに判断できなかった。

おそらく、テレビなどでよく耳にする、変声機のようなものを、使っているのだろう。

なんとなく、上から聞こえてきたような気がして、大杉は天井を仰ぎ見た。

ごてごてした飾りの中に、小さな隠しカメラやマイクが、仕込んであるに違いない。

「今さら、声を変える必要はないぞ。おまえは弓削ひかるだろう。そうでなければ、洲走まほろだ。どっちでもないなら、正体を見せてみろ」

挑発するつもりで、高飛車にしゃべりまくる。

「こちらには、正体なんかないのさ。あんたたちが、〈百舌〉と呼んでいる存在に、実体があったためしがあるかね」

そっけない返事に、大杉はぐっと詰まった。

確かにこれまで、〈百舌〉という言葉や概念は存在したが、それが実体として目の前に現われた、という感覚はない。現われたときには、その存在はすでに跡形もなく、消えていた。死んだ〈百舌〉は、ただの死体にすぎず、もはや〈百舌〉ではなかった。

今、どこかに隠れてしゃべっているのは、〈百舌〉という単なる概念にすぎない。どうあがいても、決してとらえることができない、煙のような存在に思えてきた。

大杉は、ぶるんと強く首を振って、雑念を追い払った。

「禅問答は、どうでもいい。ここに、残間龍之輔がいるはずだ。残間と、会わせてくれ」

少し、間があく。

「残間を、一度は無事に解放してやったのに、あんたたちにはその意味が、分からなかったようだな」

「手を引け、という警告のつもりだったとすれば、なんの効果もなかったよ。おまえがどんなつもりで、三重島の手先を務めているにしても、つまるところはただ人殺しを、楽しんでいるだけじゃないか」

乾いた、笑い声。

「勘違いしないでほしいね。手先を務めているのは、三重島の方だよ。三重島は単に、こちらのあやつり人形にすぎないのさ」

その言葉に、大杉は虚をつかれた。

三重島と〈百舌〉の関係を、そのようなスタンスで考えたことは、一度もなかった。さすがに、頭が混乱する。

息を整え、気持ちを落ち着けて、きっぱりと言った。

「そんなことは、どうでもいい。もう一度言うぞ。残間と会わせてくれ」

たとえ残間が、〈百舌〉に息の根を止められていても、この目で死を確かめるまでは、信じたくない。

〈百舌〉は、わざとのようにのんびりと、大杉の要求に応じた。

「そんなに見たければ、窓の前に立ってごらん」

その口調は、女言葉のようにも聞こえたが、声だけでは判断できなかった。

大杉は、作業台の縁に当たるまで進み、暗い窓の前に立った。

窓の向こうに、たとえ別の部屋があるとしても、何も見えなかった。

奇妙なことに、特殊なガラスでもはめ込まれているのか、こちらの部屋の明かりが、窓の外に抜けていく気配が、まったくない。向こう側は真っ暗なままで、ガラスには大杉自身の険しい顔が、映っているだけだ。

突然、窓の外の上方で、スポットライトが点灯した。

白っぽい床の、中央より少し左に寄ったあたりを、強い光が円く照らし出す。

その光の中央に、グレイのスーツ姿の男が上向きに、大の字になり倒れていた。

「残間」

思わず叫んで、大杉は作業台の上に身を乗り出した。

足を手前に、頭を向こうにして倒れた男は、体格のいい四十がらみの男だった。

横たわる姿を見るかぎり、その男の顔には見覚えがない。少なくとも、残間ではなかった。

大杉は、手の甲でひたいをぬぐった。いつの間にか、汗をかいている。

「そいつは、残間じゃない」

緊張のあまり、絶望と希望が微妙に入り交じった、しゃがれ声になった。

〈百舌〉の声が降ってくる。

「その男は、首都警備保障の伊沢、という警備員だ」

大杉は、拳を握り締めた。

〈百舌〉が言うとおりなら、伊沢は残間の携帯電話を使って、美希に助けを求めた男だ。

伊沢が美希に、監禁された場所を三重島の別邸のようだ、と言ったのは間違いではなかった。

というより、やはり伊沢は〈百舌〉に強要されて、美希に救いを求める電話をかけ、別邸におびき寄せる手伝いをした、とみるべきだろう。

大杉は、姿を見せない相手にいらだちながら、怒りをぶつけた。

「そんな男に、用はない。残間に会わせろ、と言ってるんだ」

「気の短い男だね、あんたも。死んだ人間に会ったところで、生き返るわけもないのに」

からかうような口調に、かっと頭が熱くなる。

「死んでいようが生きていようが、関係ない。とにかく、残間に会わせてくれ」

怒りに身を震わせながら、大杉は今や懇願していた。

突然、窓の向こうで別のスポットライトが点灯し、新たに伊沢から少し離れた中央の床を、照らし出した。

白い輪の中に、別の男があおむけに、横たわっている。

伊沢より背が高く、軽く開いた脚が長い。紺のスーツ姿だ。

「残間」

声にならない声で叫び、大杉は作業台に飛び乗って、窓に手のひらを叩きつけた。

たとえ見にくい角度でも、そこに横たわる男が残間だということは、間違えようがなかった。

「残間」

もう一度声を絞り出し、窓ガラスに爪を立てる。

〈百舌〉の声が、降ってきた。

「それでも信じられなければ、自分で確かめに行けばいいさ」

大杉は、天井を振り仰いだ。

「ど、どうやって行くんだ」

「横手のドアをあけてやる」

返事とともに、先刻のぞいた短い階段の奥で、かすかな金属音がした。遠隔操作で、自動解錠されたような気配だった。

あわてて、作業台からすべりおりる。

階段のくぼみに走り、四段を一度に飛んだ。

ドアの取っ手をつかんで、力任せに押す。重い、鉄製のドアはもどかしいほど、ゆっくりと開いた。

大杉は、ドアが全部開ききらないうちに、中に転がり込んだ。

リノリウムの床に足を取られ、つんのめりながら中央の光の輪に、突進する。伊沢の体には、目もくれなかった。

床に這いつくばり、顔をのぞき込む。

目を閉じ、わずかに口を開いた、血の気のないその顔は、まぎれもなく残間龍之輔だった。

「残間」

むだと知りつつ呼びかけ、力任せに体を揺さぶった。

願いもむなしく、もはや残間に生きている兆候は、見られなかった。

じっと、残間の死に顔を見つめているあいだ、どれだけ時間がたったか分からない。

急に、天井から降ってきた〈百舌〉の声で、われに返る。

「納得がいったかね」

大杉はそれに答えず、残間の重い死体に手をかけて、うつぶせにした。

盆の窪に目を近づけると、そこに赤黒い穴がぽつりとあいているのが、光の中に浮かんだ。

凶器は見当たらないが、千枚通しを突き立てられたことは、間違いない。伊沢の死体も同じだろう。

無力感に襲われ、大杉は両手と両膝を床についたまま、じっとしていた。あまりに情けなくて、涙も出なかった。

残間の死に直面して、体の中を怒りと悲しみの嵐が、吹き荒れている。しかし、その仇《あだ》を討とうという気力が、わいてこないのだった。

たとえ、〈百舌〉を始末したところで、残間が生き返るわけではない。また、復讐心が満たされるわけでも、ないだろう。

要するに、何かをしようという気力が失われ、文字どおり無力感だけしか、残っていないのだ。

立ち上がる力もなく、大杉はその場にすわり込んだ。

ほとんど、独り言のように言う。

「ここまで、三重島のために人殺しを重ねて、そのあげく何が残ると言うんだ」

〈百舌〉が答えるまでに、なにがしかの間があいた。

「さっき言ったことを、もう忘れたのか。こちらは三重島のために、働いているわけではない。あいつの力と立場を、利用しているだけのことさ」

「口では、なんとでも言える」

「それなら、証拠を見せようか」

「ああ、見せてもらおうじゃないか。そんなものが、あるならな」

大杉が応じると、急にあたりが静まり返った。

なんとなく、マイクの電源が落とされたような、そんな気配がした。

次の瞬間。

目の前に横たわる、残間の死体の上に天井の方から、何か重いものがどさりとばかり、落ちて来た。

42

さすがに、不意をつかれて肝をつぶし、体ごと飛びのく。

残間龍之輔の上にかぶさったのは、紫色の地に赤と黄色を散らした、花模様の和服だった。

その和服を身にまとった女が、いきなり上から落ちて来たのだ。

うつぶせに、残間に重なった女の首筋には、千枚通しが深ぶかと突き立ち、周囲が赤く染まっている。

大杉良太は、反射的に天井を見上げた。

とたんに、スポットライトの光に直射されて、目がくらむ。

一瞬、まぶたの裏が赤く染まったが、それでも太い紐《ひも》かロープのようなものが、光の中に垂れさがっているのが、ちらりと視野をかすめた。

どうやら、スポットライトの上部の天井に、和服の女の死体が宙吊《ちゆうづ》りの状態で、ぶらさがっていたらしい。

そのロープを、〈百舌〉がなんらかの仕掛けを使って、切り落としたに違いない。

また、電源が入れられたらしく、〈百舌〉の声が降ってくる。

「それがだれか、分かるだろう」

大杉はごくり、と喉を鳴らした。

「知らんな。これが、なんの証拠だというんだ」

「その女は、三重島茂が愛人の芸者に産ませた、ひかるという名の隠し子だ。倉木美希から、聞いていないのか」

そう言われて、和服の女を見直す。

そのとたん、電撃に打たれたように、記憶がよみがえった。

前に倉木美希から、この女の話を聞かされたことがある。

大杉との待ち合わせで、溜池山王《ためいけさんのう》から新宿へ向かう途中、美希は和服の女に呼び止められた。赤坂見附《あかさかみつけ》で、途中下車して喫茶店にはいり、意外な話を聞かされることになった、という報告だった。

美希を呼び止めた相手は、〈オフィスまほろ〉の代表を務めていた、弓削まほろと称する女だった。

その時点で、まほろは例の事件の直後から、重要参考人として手配されながら、行方知れずになっていたのだ。

そのとき、美希が聞かされた話によれば、まほろは三重島がまだ若いころ、向島《むこうじま》の芸者だった弓削みすず、という愛人に産ませた隠し子だ、とのことだった。

さらに、〈まほろ〉の名は洲走かりほの妹から、納得ずくで借用しただけにすぎず、ほんとうの名は〈ひかる〉だ、という話も聞かされた。それればかりか、まほろとひかるのあいだに、特別な関係があったことも、教えられたと言っていた。

そうなると、たった今目の前に落ちてきた女は、確かに三重島の隠し子の弓削ひかる、とみて間違いないだろう。

だとすれば、ぐるだと思っていた洲走まほろが、相方の弓削ひかるをいつもの手口で、始末したことになる。

「どうだ。今度は、納得がいったかね」

金属的な声が、また天井から聞こえてくる。

大杉は、また唾をのんだ。

あらためて、残間の上に重なった和服の女に、目を向ける。

スポットライトに浮かんだ、花模様の絢爛《けんらん》たる着物にくるまれた女は、白いうなじに千枚通しを突き立てられたまま、ぴくりともしない。ひっつめに結った髪には、一筋の乱れも見られなかった。

顔を確かめる気も、起こらない。

確かめたところで、大杉は前の事件のおりに、弓削ひかるをたった一度、それもちらりと目にしただけだから、見分けがつくわけはない。

息をつき、口を開く。

「いや。納得できるだけの、具体的な証拠がない。三重島自身を殺すならともかく、三重島の隠し子を殺したところで、おまえが手先でないという証拠には、ならないぞ」

あえて反論を加え、時間稼ぎをして乱れた頭の中を、整理しようとする。

美希の報告によれば、山口タキと名乗っていた洲走まほろこそ、三重島の現在の愛人であり、それを世間の目からおおい隠すために、実の娘ひかるを愛人だと思わせていた、という。

しかも、三重島はまほろとひかるのあいだに、特別な関係が生まれていたことを、知らずにいたらしい。

そのまほろが、このように容赦なくひかるを殺したとすれば、父親の三重島にかなりの打撃を与えることは、否定できないだろう。

三重島は警察権力、ひいては日本の治安組織を手中にするため、確かにまほろの姉だった洲走かりほを、好きなように操った。

そのかりほは、ノスリ事件のおり大杉と美希を殺そうとして、逆に命を落としてしまったのだ。

かりほの死の淵源《えんげん》をたどれば、確実に三重島までさかのぼることができる。結局かりほは、三重島にいいように利用されたあげく、死ぬはめになったのだ。

したがって、三重島はまほろにとって姉かりほのかたき、ということになる。

そうしたしがらみの中で、まほろが三重島の愛人になるのは不可解、といってもよい。三重島が、自分とかりほのひそかな関係を、まほろに知られていないものと考えて、新たに妹までも利用しようとした、という可能性はある。

しかし、まほろがかりほと三重島のいきさつを知って、姉のかたきを討とうと三重島に接近した、と考えることもできる。

それならば、三重島に打撃を与えるためにひかるを殺す、という展開になっても不思議はなかろう。

また声が降ってくる。

「いくら考えても、時間のむだになるだけだ。そろそろ、先へ進もうか」

同じ声ながら、微妙にトーンが変わった気がした。

「先へ進むとは、どういう意味だ」

大杉の問いに、乾いた笑い声が応じた。

「分かってるはずだよ。あんたを、始末するのさ」

「それは、おかしいぞ。あんたが、三重島を敵だとみなしているなら、おれの立場と同じはずだ。一緒に、三重島を倒す算段をしても、おかしくないだろう」

時間稼ぎでしかないが、ためしにぶつけてみる。

しかし相手は、乗ってこなかった。

「忘れていないかね。あんたは、洲走かりほを直接死に追いやった、張本人の一人だ。

もう一人の張本人と一緒に、責任をとってもらわなきゃなるまいよ」

それを聞いて、大杉は突然美希がこの別邸の、通用門にいることを思い出した。

かりに、平庭次郎が駆けつけて来たとすれば、今ごろは焼却炉のあたりに、場所を移しているかもしれない。

平庭はともかく、美希には通用門で待機するように、言っておいた。しかし、それを忠実に守るほど、聞き分けのいい女ではない。

「おれは、残間や弓削ひかるのように簡単には、やられないぞ。これまで、数えきれぬほど修羅場をくぐって、生き延びてきたおれだ。千枚通しを使うには、そばに来なけりゃなるまい。覚悟して、かかって来い」

また、笑い声が聞こえる。

「倉木美希のいるところで、同じことが言えるかな」

ひやりとした。

美希が、今どこに控えているか、つかんだのだろうか。

「この別邸には、美希は来ていないぞ。残間のことは、おれ一人に任せたんだ」

「いや、一緒に来たことは、分かっているよ。しかし、力ずくでここへ連れて来るのは、騒がれたりしてめんどうだ。あの女が、どこかこの近くで待機していることは、間違いない。ケータイで連絡して、ここへ呼び寄せるんだ」

大杉は、せせら笑った。

「おいおい。かりに、このあたりに待機させているとしても、今の状況でおれが美希を呼び寄せるほど、ばかに見えるか。おれは残間ほど、お人よしじゃないぞ」

「残間は、ブン屋ばかだ。特ダネが拾えるとなれば、社にもあんたたちにも連絡せずに、のこのこ出て来る男さ」

　肩から、力が抜ける。

「やはり、あんたが呼び出したのか」

「まあ、そう思ってくれてもいいよ」

　珍しく、あいまいな返事だった。

　口調をあらためて続ける。

「むだ話は、これくらいにしておこう。さっさと倉木美希に、電話するんだ。電波がつながるように、アンテナを調整したからな」

　大杉は、奥歯を嚙み締めた。

　やはり、そうか。さっき、地下へおりたところでは、携帯電話のアンテナが一本も、立たなかった。あのときは、電波が遮断されていたのだ。

　大きく息を吐いて言う。

「電話する気はない。おれを殺す気なら、さっさとやればいいさ。ただし、根性を入れてやらないと、返り討ちにあうぞ」

「あんたを始末したあとで、倉木美希を殺すこともできるんだ。おそらく、その方が簡単だろうさ。それを、同じ場所で同時に始末してやろうと、こっちは温情をかけてるんだ。それを断わる手は、ないと思うがね」

その、いかにもおためごかしのせりふに、大杉は鼻で笑った。

「おれは、そんなお涙頂戴の筋書きに乗るような、センチメンタルな男じゃないよ。さっさと、かたをつけようじゃないか」

そう言い捨てて、ゆっくりと立ち上がる。

〈百舌〉の声が、硬くなった。

「そこまで強情を張るなら、しかたがあるまいな。これでも倉木美希に、電話をする気が起こらないかね」

突然、スポットライトの光が消え、室内が暗黒に閉ざされた。

わずかな間をおき、先刻まで大杉がいたと思われる、隣の部屋の小窓のあたりから、光が流れ込んできた。

大杉は死体をよけて、小窓のそばに近寄った。

それは、ちょっと見には鏡のようなガラスで、かすかに自分の顔が映って見えた。

しかし、よくよく確かめると姿が映る一方で、向こう側が半ば透けて見えることも、明らかになった。

目をこらして見る。

ついさっき、大杉が飛び乗って窓をのぞいた作業台に、だれかがうずくまっている。

その後ろで、奇妙な黒い頭巾に黒いガウンをまとった、何者とも知れぬあやしい人影が、ぬっとばかり立ち上がった。

猿臂《えんぴ》を伸ばして、うずくまっただれかの髪を後ろからつかみ、ぐいと顔を引き上げる。

その顔を見て、大杉は凍りついた。

声を絞り出す。

「めぐみ。どうして、ここに」

そのまま、喉を詰まらせた。

43

橋のたもとから、川沿いの道の左右を、すかして見る。

飛びとびに立つ、街灯の周囲だけがぼんやりと明るいだけで、見通しはよくない。すでに真夜中で、人通りはなかった。

平庭次郎は、暗い川面《かわも》に目を落とした。

妙正寺川《みようしようじがわ》は、杉並区や中野区の中をあちこち迂回《うかい》しながら、くねくねと流れる川だ。

ただ、この〈平明の森公園〉に沿った川筋は、両脇を走る二本の直線道路に挟まれ、まっすぐに流れているのだった。

二本の道路は、互いに反対方向へ向かう、一方通行のようだ。

川そのものは、護岸のかなり下の方を流れており、幅はさほど広くない。鉄製の橋も、せいぜい十メートルほどだろう。

橋を背にした正面の、植え込みと歩道を越えたところに、赤いレンガを敷き詰めた、小さなスペースがある。その向こうに、公園に通じる入り口の鉄柵が見えた。

平庭は、近くにある西武新宿線沼袋駅《ぬまぶくろえき》の、すぐそばを走る平明公園通りに、社の車を待機させていた。

今いる場所には徒歩で、しかもかならず一人で来るように、との指示があったという。指示した者はどこか近くで、その指示がきちんと守られたかどうか、チェックしているに違いない。

そうした指示は、編集局長から社会部長の佐々木治雄を通じて、平庭に与えられた。そのいきさつは、社長をはじめとする社の幹部連中も、当然承知しているはずだ。

しかし、なぜ自分に白羽の矢が立ったのか、正確なところは知らない。

佐々木によれば、先方からの指名だとのことだが、事実かどうかあやしいものだ。とはいえ、ふたたび姿を消した残間龍之輔の後任として、自分がその役にもっともふさわしいことは、自分でも分かっていた。

それもあって、二つ返事で引き受けた次第だ。

ただ、これが何かの罠だという可能性も、否定はできない。そのことは、やはり頭に入れておく必要がある。それは社の幹部たちも、承知しているはずだ。

ともかく、危険を伴う恐れがあると知りつつ、この役目を引き受ける者は、自分のほかにいないだろう。

佐々木はあくまで、先方が平庭を指名してきたことを強調し、引き受けてくれと懇願した。

先方の要請に応じることは、健全な世論に責任を負う新聞社にとって、命取りにもなりかねない取引だ。

しかし、先方が申し出た交換条件は、かりにそれが事実だとすれば、たとえ屈辱的な犠牲を払ってでも、手に入れたくなる情報の提供だ、という。

平庭は、深く息をついた。

ここまできて、その当否を問うてもしかたがない。正面から受けて立つしか、方法はあるまい。

同じ佐々木から、残間と結びつきのありそうな死体が、多磨霊園の近くで発見された、との連絡があったのは、ついけさ方のことだ。

その時点では、死体は身元不明だった。

しかし、死体をくるんだトレンチコートに、〈残間龍之輔〉のネームがはいっていたため、所轄署の北府中警察署から社に、問い合わせがあったというのだ。

佐々木から、即刻現場に飛んでくれとの要請を受けて、平庭はとるものもとりあえず、自宅マンションを飛び出した。

そのときはまだ、死体が残間本人なのか否かも、分かっていなかった。死体から、身元を明らかにするものは何一つ、出てこなかったらしい。

北府中署には、事件現場近くに住む社会部の後輩、山井幸介が待機していた。二人で手分けして、状況の確認を急いだ。

遺体は一時的に、管内にある警察大学校の施設に搬入され、専門医による検案と解剖の判断を、待っていた。

そこへ、講義のために登校した元警察病院の長野、とかいう医師がその遺体の顔を目にして、以前面識のあった元警察庁の稲垣志郎だ、と証言した。

その結果、死体は現在首都警備保障の社長を務める、稲垣志郎と判明したわけだ。

しかも、捜査員の一人が平庭の誘導尋問に乗せられ、死体の耳の穴に鳥の羽根が挿入されていたことを、つい明かしてしまった。

平庭は、予想外の犠牲者に驚きながらも、殺されたのが残間でないと分かって、差し当たりほっとした。

そこで、何はさておき大杉良太に連絡をとり、一報を入れたのだった。

そのあと、北府中署に詰めて夕刊用の原稿を送り、さらに捜査の進展を待った。

しかし、それ以降はなんの発表もないまま、一日が過ぎてしまった。

山井にあとを任せ、平庭は社に上がった。

四苦八苦しながら、続報の原稿に取り組んでいるさなかに、佐々木から役員会議室に呼ばれて、極秘の任務を申しつけられた次第だ。

ポケットを押さえると、USBメモリの感触がある。

そのメモリには、〈百舌〉が佐々木宛に送りつけてきた、〈百舌事件〉の総括原稿が収まっている。

残間が、〈百舌〉に指示されて、というより強要されて、書き上げたものだ。

その原稿を、東都ヘラルドに掲載しなければ、残間が死ぬことになる、との警告があったにもかかわらず、上層部はそれを握りつぶした。

警察からの、うむを言わせぬ圧力があったにせよ、信じがたい判断だった。

平庭は、あらためてポケットに手を入れ、託されたメモリを握り締めた。

上層部が、そのコピーをとったかどうかは知らないし、知りたくもない。おそらく、とったことがばれたときの報復を恐れて、とらなかった公算が大きい。

もちろん、将来への保険としてコピーをとる、という選択もある。

しかし、赤新聞ならともかく、まともな新聞が記事にできるような、根拠のあるデータに基づく、説得力のある原稿ではない。

せいぜい、週刊誌のネタがいいところだが、いっとき話題になることはあっても、政局を揺るがすほどのインパクトは、ないだろう。

実のところ、平庭自身コピーをとろうか、と考えないでもなかった。しかし、佐々木とのやりとりがあわただしく、その時間も機会もなかった。

腕時計を見る。

あと数分で、約束の時間だ。

ふと、朝方稲垣の死を電話で連絡したきり、大杉に続報を入れていないことを、思い出した。

せめて、なんの進展もないことだけでも、伝えておこう。

携帯電話を取り出し、大杉にかけてみた。すると、電源が切られているか、電波の届かない場所にいるかで、つながらなかった。

ほかに、倉木美希からの着信記録が、残っていた。ただ、マナーモードにしていたせいか、気がつかなかった。

メールも届いている。

開いてみようと、操作しかけたまさにそのとき、車のヘッドライトがちらりと、あたりを一なめした。

あわてて顔を上げ、周囲を見回す。

左手の、一方通行の入り口の方から、川沿いの道をゆっくりとやって来る、ヘッドライトが見えた。

携帯電話をポケットにもどし、ヘッドライトの方に顔を向ける。

平庭が立つ、橋のたもとのちょうど斜め前の植え込みに、街灯があった。車から、平庭の姿を視認するのは、容易なはずだ。

車は、ゆっくりしたスピードで、音もなく近づいた。静かなところをみると、ハイブリッド車なのだろう。

車はそのまま、平庭の前を通り過ぎた。ヘッドライトが明るく、窓ガラスは暗いままだったので、車内は見えなかった。

一つ離れた街灯の少し手前で、車が左に寄って静かに停まる。ヘッドライトが消えた。

何の動きもないまま、三十秒ほどが過ぎる。

それから、運転席のドアが静かに開き、黒っぽいスーツを着た人影が、アスファルトにおり立った。

こちらの街灯からは遠く、一つ先の街灯が逆光になったため、相手の顔は判別できない。ただ、がっちりした大柄な男であることは、なんとなく分かった。

ただの運転手というより、護衛を兼ねた警備担当者だろう。それも、おそらく正規のSPではなく、首都警備保障のスタッフに違いない。

護衛が、車の後方へ出て来て、軽く腕を振った。こっちへ来い、という合図のようだ。

平庭は、車の方に歩きだした。

近づくにつれて、護衛は顎が大きく頬骨が横に張り出した、いかにもタフそうな男だと分かる。

平庭は、二メートルほど手前で、足を止めた。

護衛が、ロボットのような口調で、問いかける。

「帝都《てぃと》ヘラルドの、平庭さんですか」

「いや。東都ヘラルドの、平庭です」

わざとらしい身元の確認に、舌打ちしたくなった。

護衛が続ける。

「身体検査をさせてもらいます」

平庭は、そこまでやるかと思いながらも、おとなしく両腕を広げた。

検査は一分足らずで終わった。

ふだん持ち歩くタブレットは、待機している社の車に置いて来た。

取り上げられたのは、携帯電話と腕時計だけだった。どちらも、録音機能を搭載しているか、その恐れがあるとみられたのだろう。

護衛は、例のUSBメモリも手にして調べたが、そのままポケットにもどしてくれた。

平庭は、探られた袖口や襟元を直し、護衛を見返した。

護衛は、車の後部座席のドアをあけ、平庭にうなずいてみせた。

さすがに緊張して、思わず唾をのんでしまう。

車内の明かりは、消えたままだ。

平庭は、思い切って身をかがめ、車に乗り込んだ。

「失礼します」

声をかけたものの、そこにだれも乗っていないのに気づき、どきりとする。

わずかな間をおいて、低い声が車内に響いた。

「その辺で、煙草《たばこ》でも吸ってきたまえ」

それで初めて、助手席に男がいることに、気がつく。

「了解しました」

護衛が返事をして、平庭に言う。

「携帯電話と腕時計は、車のルーフに載せておきます」

ドアが静かに閉じられ、頭上のルーフに軽い音が響いた。

平庭は、助手席に向かって首を伸ばしたが、ヘッドレストがじゃまをして、何も見えない。

そこにすわっているのが、指定された面会相手なのかどうか、分からなかった。

それにしても、今どき目下に向かって〈たまえ〉などと、古風な言い方をする者がいるとは、思わなかった。

護衛の足音が、後方に遠ざかる。

振り返ると、リヤウインドーに貼られたフィルム越しに、護衛が公園の入り口のスペースに、はいって行くのが見えた。

助手席の男が言う。

「では、例のものを、いただこうか」

むだを省いた、そっけない口調だ。

相手は、長いあいだ政府の要職にありながら、テレビにめったに顔を出さない。したがって、声に聞き覚えはなかった。政治部ならともかく、畑違いの記者が声を聞き分けられないのは、当然だろう。

平庭は、息を整えて答えた。

「先にお話を、聞かせていただけませんか」

しばしの沈黙。

「そっちが先だ。あとで、からのメモリを渡されたと分かったら、かなわんからな」

前の席が、にわかにぼうっと、明るくなる。膝の上で、何かが光ったようだ。

もしかして、携帯用のパソコンではないか、と勘が働く。

渡されたＵＳＢメモリが、注文どおりのものかどうか、すぐにチェックできるように、用意してきたらしい。

かなり高齢のはずだが、パソコンを操作できるとすれば、たいしたものだ。

ＵＳＢメモリを取り出し、座席越しに手渡す。

ふと、何もはいっていないメモリを、佐々木から渡されていたら、という考えが浮かんだ。

まさか、と思いながらも、冷や汗が出てくる。

パソコンが作動する、かすかな音が聞こえた。

やがてそれが収まり、車内が居心地の悪い静寂に、包まれる。

平庭は汗の浮いた手で、膝がしらを握り締めた。

息詰まる数秒が過ぎ、急に前のほのかな明かりが消えて、車内が暗くなる。パソコンの電源が、落とされたらしい。

わずかに、かなり前方に立つ街灯の光が、車内に届いてくることに気づくまで、なにがしかの時間がかかった。

助手席から、声が聞こえる。

「このメモリのコピーは、とってないだろうな」

平庭は、ためらった。

「それは、分かりません。わたしはただの、子供の使いですから」

低い笑い声が起こる。

「そうじゃあるまい。残間のあと釜だとすれば、それなりの腕ききに違いなかろう」

むだと知りつつ、平庭は聞き返した。

「コピーをとったとすれば、どうなるんですか」

「もし、このメモリの情報が、外部に流出したときは、どこから出たかを問わず、東都ヘラルドに責任をとらせる。そうなると、社の存続はむずかしいだろうな」

さりげない口調だけに、平庭は背筋が寒くなった。

この男なら、確かに言ったとおりにするだろう、という気がする。社の上層部も、それくらいのことは身にしみるほど、承知しているはずだ。

連中に、コピーなどとる度胸はない、と確信した。

「ところで、残間さんはどこにいるんですか」

思い切って聞くと、また笑い声が起こる。

「その質問は筋違い、見当違いというものだ。それより、肝腎なこちらの話を、聞きたくないのかね」

逆にせかされて、平庭はあわてた。

「いや、ぜひ、聞かせていただきたいです。車内灯をつけても、よろしいでしょうか。暗くて、メモがとれないので」

もともとメモの用意などなく、はったりをきかせただけだ。

「メモすることは、控えてもらいたい。きみも一人前の記者なら、全部頭の中にメモできるはずだ」

「分かりました。では、お願いします」

おとなしく引き下がり、もぞもぞと体を動かす。

話は前触れなしに、始まった。

44

「社会部の記者なら、ＯＳＲＡＤ（戦略研究開発事務局）という組織を、知っているだろうね」

　平庭次郎は、虚をつかれた。

　この男の口から、いきなりＯＳＲＡＤの名前が出るとは、予想していなかった。

　落ち着いて答える。

「はい、知っています。アメリカ国防総省の、出先機関ですね」

「さよう。ＯＳＲＡＤは、西側各国の大学や研究機関の研究者に、最新技術の研究開発のための、助成金を出している。その中には、わが国も含まれるわけだが、もちろん承知しているだろうな」

「はい」

　短く答えて、続きを待つ。

　どういう話の展開になるのか分からず、よけいな口はききたくなかった。

　男は続けた。

「もちろん日本にも、防衛装備調達庁に安全保障技術研究推進制度という、独自の研究開発支援制度がある。ＯＳＲＡＤは、それとは別個にアメリカの立場から、助成を行なっているわけだ」

「はい。そのように、聞いています」

　最低限の返事しかせず、相手にしゃべらせておく。

「むろん、助成金を出すという点では同じだが、日本からすれば開発した最新技術を、アメリカに持っていかれるのは、好ましいことではない。たとえ、同盟国でもな。それは、分かるだろう」

「はい」

三たび短く答えると、男は少しいらだったように、あとを続けた。

「われわれはそのOSRADと、OSRADから助成金を受けている、日本のさる研究者について、内偵を進めてきた」

平庭は、すかさず聞き返した。

「われわれ、とおっしゃいますと」

わずかに、間があく。

「大きく日本政府、と考えてもらっていい。この問題は、日本の安全保障にからむ、最重要案件の一つだ。したがって公共安全局が、現場の受け皿になっている」

にわかに、緊張した。

公共安全局といえば、倉木美希が出向している部局で、例の国家公共安全会議の実働機関、とされる組織だ。

黙っていると、男はさらに続けた。

「その一件にからんで、あしたの夕方警視庁で、記者発表がある」

一足飛びに話が進み、さすがにとまどう。

「どのような発表ですか」

聞き返したが、男はすぐには答えなかった。

「これから話すことを、あしたの朝までに予定稿に、まとめておきたまえ。それを、あしたの夕刊の最終版の、締め切りぎりぎりの時間に、入稿するのだ。東都へラルドの、刷り上がった最終版が他紙へ流れる前に、警視庁が抜き打ちで記者発表を行なう。そうすれば、他紙の夕刊には当然間に合わんし、場合によってはテレビやネットの速報にも、先んじるだろう。東都へラルドのスクープで、一人勝ちということになるわけだ」

平庭は、黙って考えた。

おもむろに言う。

「理論的には、おっしゃるとおりでしょう。しかし、あまりに露骨なスクープは、何かと疑惑を呼ぶ恐れがあります」

「それは、こちらも承知している。この情報は、すでにマスコミ各社に少しずつ、リークされているところだ。しかし、肝腎なことは伏せたままだから、急には記事にならんよ。これから言うことを盛り込めば、東都へラルドの取材力に箔《はく》がつく、というものだ」

平庭は、気持ちを落ち着けるために、シートに背を預けた。

「分かりました。お話を聞かせてください」

小さな金属音がして、助手席がまた明るくなる。

ライターで煙草に、火がつけられたらしい。煙のにおいが、ふわりと漂ってきた。

助手席のウインドーが、軽い電動音を立てて開く。オートがきくところをみると、エンジンは切られていないようだ。

「OSRADの日本オフィスに、ケント・ヒロタという日系人の技術顧問が、在籍している。聞いたことが、あるだろう」

その名前を聞いて、平庭は唇を引き締めた。

いきなり、ビーンボールを投げられたような、驚きを感じる。

「ケント・ヒロタ、ですか。ええと、はい、聞いたことがあります」

含み笑いが漏れた。

「聞いたことがある、どころではあるまい。ごく最近、会ってもいるだろう」

図星を指されて、さすがに愕然《がくぜん》とする。

平庭は焦りながら、考えを巡らした。

そのことを知っているのは、取材に同行した大杉良太のほか、東坊めぐみと相方の車田聖士郎、それに倉木美希くらいのものだ。

その中のだれかが、漏らしたのだろうか。

いや、そうは思いたくない。

不承不承応じる。

「おっしゃるとおりですが、どこからはいった情報ですか」

また、低い笑い声。

「新聞記者なら、情報源の秘匿は初歩の初歩と、承知しているはずだ」

平庭は憮然《ぶぜん》として、すわり直した。

「分かりました。先を続けてください」

「そのヒロタにリクルートされて、ＯＳＲＡＤの助成金を受けている研究者の一人に、栄覧大学情報工学部の星名重富、という教授がいる」

ますます驚いて、平庭は絶句した。

この男の情報収集力には、唖然《あぜん》とするほかはない。

あきらめて言う。

「その人物も、知っています。当然、わたしが星名教授と会ったことも、ご存じでしょうね」

「ああ、承知しているとも。ヒロタのときと同じ、大杉なにがしという元警察官と、一緒だったこともな」

答えようがなく、平庭は口をつぐんだ。

なぜか分からないが、この男にはすべての情報が、筒抜けになっているようだ。

男が続ける。

「ところで、助成金をもらった星名教授が、なんの研究開発にたずさわっているか、知っているかね。ここが、肝腎なところだが」

そう聞かれて、重い口を開く。

「星名教授はAIの権威ですから、いずれは新しいAI技術の開発でしょうが、残念ながら内容までは知りません。一応質問しましたが、答えてもらえませんでした」

正直に答えると、しばらく沈黙が流れた。

やがて、低い声が車内に響く。

「これからは、きみが臆測で書くことになる話だから、そのつもりで聞くがいい」

「臆測、ですか」

「そうだ。記事の最後を、〈何なにではないかとの見方もある〉とか、〈何なにするものと予想される〉とかで締めくくる、あれさ」

平庭は鼻をこすり、笑いをこらえた。

この男が若いころ、新聞記者をしていたかどうか知らないが、していたとしても不思議はない、という気がする。

「では、好きなように臆測させてもらいますので、よろしくお願いします」

しおらしく言うと、満足そうな笑いがもどってきた。

「簡単に言おう。星名教授の研究は、人工衛星や宇宙ステーションに、超高性能のAIを搭載して、万一の場合に備えようというものだ」

なんだ、そんなことか、と拍子抜けがする。

「お言葉ですが、そうした分野については共産圏も含めて、すでに急速度で研究開発が進められている、と理解していますす。それらを上回る技術、ということですか」

「その点はまだ、なんとも言えない。ともかく、実用化のめどがつきそうだ、という段階まできている、と聞いた」

「高性能の、迎撃ミサイルか何かですか」

「まあ、それに似てはいるが、ミサイルそのものではない」

平庭は、いささかいらだった。

「すると、どのようなシステムですか」

「仮想敵国の、戦略システムに侵入して戦力を奪う、超高度の技術だ」

「その周辺の技術も、すでに開発されているのではないか、と思いますが」

やんわりと反論すると、男は咳払いをして言った。

「新しいシステムは、ただ敵の戦力を奪うだけではない。それを逆用して、攻撃に転じるシステムなのだ」

平庭は、男が何を言おうとしているのか分からず、ますますいらだった。

「それだけでは、わたしも臆測しかねますね。もう少し具体的に、説明していただけませんか」

またしばらく、静寂が流れる。

「たとえば、某国がアメリカへ向けて、弾道ミサイルを発射した、とする。それを、衛星が感知すると同時に、アメリカ側がそのミサイルを迎撃、破壊する技術はすでに完成している。しかし、星名教授が開発した技術は、ただ迎撃するだけではない。発射された弾道ミサイルを、途中で回れ右をして発射地点へ逆もどりさせる、画期的なシステムなのだ。つまり発射した国は、方向転換したみずからのミサイルに、攻撃されるというわけさ」

平庭は、あっけにとられた。

「そんな、大昔のSF漫画のようなシステムを、まじめに研究してるんですか、星名教授は」

「そのとおりだ。現に、昔は漫画にしかなかったような、殺人ロボットや無人爆撃機、戦闘機のたぐいが、開発されているじゃないか。昔の空想は、今や現実になったのさ」

平庭は腕を組み、車の天井をにらんだ。

文科系の平庭には、それがどういう仕組みになっているのか、見当もつかなかった。

平庭が知るかぎり、ミサイルを方向転換させるためには、敵側がそれを発射する際に打ち込む、秘密コードを解読しなければならないはずだ。

しかし、その複雑極まるコードを解読するには、現時点で最高の精度を誇る超高速コンピュータを駆使しても、天文学的な時日がかかる、といわれている。

星名は、その驚くべき解読プログラムを開発した、というのだろうか。

かりにそれが実現したとすれば、敵国もむやみにミサイルを発射することは、できなくなる。確かに、画期的な技術、といってよかろう。

男が続ける。

「ところが星名教授は、その技術をアメリカの助成金で開発しながら、北朝鮮へ売ろうとしているのだ」

耳を疑い、助手席に目を向けた。

「ほんとうですか」

「ほんとうだ。星名はそれを、三省興発の社長を務める荒金武司、という在日三世に売るつもりだ。荒金の名は、聞いているかね」

すぐには、返事ができない。

星名重富が、平庭と大杉の取材を受けたあと、荒金武司のマンションへ回ったことは、めぐみと電話で話した大杉から、教えられた。

そのとき、同じマンションのすぐ目の前で、めぐみと車田が倉木美希と遭遇したことも、承知している。

「会ったことはありませんが、名前だけは耳にしています」

「荒金の両親は、荒金がまだ子供のころのことだが、当時盛んだった帰国運動に乗って、北朝鮮へ帰還した。ただし荒金は、日本残留を選んだ祖父母の手元に、残された。その辺の事情や背景については、今のところはっきりしていない。祖父は、三省興発の創業者として、こちらで事業を軌道に乗せていたから、日本に残りたかったのだろう。あるいは、スパイとして残された可能性も、ないではない。荒金自身は、祖父の事業を引き継ぐと同時に、スパイの仕事も引き継いだのかもしれん」

「荒金と星名教授の関係は、どうやって始まったんですか」

平庭の問いに、男はあっさり応じた。

「二人は、幼なじみだ。子供のころ、荒金一家は荒川区《あらかわ》の尾久《おぐ》に、りっぱな邸宅を構えていた。星名の一家は、同じ町内に住んでいた。父親は、いわゆる町工場の職工で、暮らし向きはかならずしも、よくなかった。荒金は、いくつか年上だったが、星名を弟のようにかわいがって、よく家へ連れて行っては遊んだり、飯を食わせたりしていたらしい」

初めて聞く話だ。

星名を取材する前、平庭も一応ネットで調べたが、そこまで詳しい経歴は出ていなかった。

男が言う。

「記者発表が行なわれる前後に、星名教授と荒金武司は二人とも、警視庁の生活安全部から、任意出頭を求められるはずだ」

平庭は、体を乗り出した。

「生活安全部といいますと、生活経済特捜隊ですか」

「いや。生活安全部では、対応しきれまい。実際の事情聴取は、公共安全局が担当することになるだろう」

公共安全局。

もしかして、担当は倉木美希なのではないか、と不安を覚える。

男は付け加えた。

「それもおそらく、ＣＩＡの協力を得ることになるだろうな」

「ＣＩＡ」

そう言ったきり、一瞬絶句した。

答えがないので、急いで続ける。

「ＣＩＡとは、どういうことですか」

「星名が、荒金に情報を流そうとしていることは、ケント・ヒロタも承知している、と思われるからだ」

平庭は、シートの上で固まった。

「星名とヒロタが、ぐるだとおっしゃるんですか」

「そうだ。ヒロタは、ＯＳＲＡＤのただの技術顧問であって、正規の事務局員ではない。星名と談合して、開発ずみの、あるいは開発途上の最新技術情報を、北朝鮮に売り渡す算段をしたとしても、不思議はないと思わんかね。その情報を手に入れることによって、北朝鮮はいち早く同じ技術の開発、あるいはそれに対抗する技術の開発に、力を注ぐことができるわけだ」

平庭は言葉が出ず、呆然《ぼうぜん》としたままでいた。

男がまた、口を開く。

「実を言えば、こうした事情が明らかになった発端は、ＣＩＡの日本駐在員からの通報だった。ヒロタはだいぶ前から、ＣＩＡに目をつけられていたらしい」

依然として頭が混乱したまま、何も言うことができない。

「話は、これで終わりだ。すぐに原稿を書きに、もどった方がよかろう。必要なら、どこか便利なところまで、送ってもいいが」

そう言われて、初めて声が出る。

「いえ、お気遣いはいりません。近くに、社の車を待機させていますので」

男の口から、笑いが漏れる。

それがやむのを待って、平庭はドアの取っ手に手をかけた。

男が言う。

「一言、忠告しておこう。きみは、まだ若い。〈百舌〉などという、過去の幻影を追っていたのでは、いつまでたっても一人前の記者には、なれんぞ。残間が、そのいい例だ」

平庭は、取っ手から手を離し、すわり直した。

「お言葉ですが、わたしは残間の後任として、やるべきことをやるだけです。一人前になれるかどうかは、問題ではありません」

少し間があく。

男は、口を開いた。

「せいぜい、気をつけるようにな。すまんが、運転手を呼んで来てくれんかね」

「分かりました」

平庭は、すなおに返事をしてドアをあけ、車をおりた。

ルーフの上を探り、取り上げられた携帯電話と腕時計を、回収する。

助手席の窓から、無造作に煙草の吸い殻が投げ捨てられ、アスファルトに落ちて火花を散らした。

ウインドーがするする、と上がって中が見えなくなる。

平庭は、公園につながるレンガ敷きのスペースに、足を向けた。

車止めのあいだを抜け、街灯の光が届かない奥に向かって、声をかける。

「すみません」

返事はなかった。

闇に目をこらしたが、護衛の姿は見えない。

「東都ヘラルドですが、話が終わったので、車へもどっていただけますか」

もう一度、そう呼びかけたが、返事がなかった。

そのとき、背後の道で車が走りだす音が、かすかに聞こえた。

それがハイブリッド車で、エンジンがかかったままだったことを、思い出す。

平庭は道へ駆けもどり、左手の道をすかして見た。

遠ざかる、車のテールランプが、目を射る。

今まで駐車していた道路の際に、ずんぐりした人影がうずくまっているのが、街灯の明かりに浮かび上がった。

平庭は、脱兎《だつと》のごとく駆けだした。

アスファルトに膝をつき、倒れた人影の安否を確かめる。

男は、首の後ろに小さな赤い穴をあけられ、すでに息がなかった。

そばに落ちた鳥の羽根が、おりからのつむじ風にあおられて、宙に舞い上がった。

45

「めぐみ。めぐみ」

大杉良太は、無我夢中で娘の名を呼んだ。

しかし、ガラス窓の向こうにいるめぐみには、その声が聞こえないらしい。

大杉はわれに返り、ガラス窓に手をついた。

向こう側の明かりは消え、ただめぐみの顔だけが小さなスポットライトで、照らし出された。

まるで、大杉をもてあそぶための演出のような、光の使い方だ。

パニックにおちいった自分を抑え、熱した頭をなんとか冷やそうとする。

深呼吸を繰り返しながら、めぐみの顔をじっと見つめた。

まぶたをあいまいに閉じ、口を半開きにしためぐみは、意識がないようだった。意識があるなら、今まで交わされた〈百舌〉と父親とのやりとりを、聞いたはずだ。めぐみの、表情を失った青白い顔からは、そうした様子は感じとれなかった。

おそらく、麻酔をかけられるか何かして、気を失っているのだろう。ガラス越しに見るかぎり、少なくとも死んでいるような気配はないし、そんなことは考えたくもない。

めぐみの体が、また作業台の上に伏せられて、顔が見えなくなった。

〈百舌〉の声が降ってくる。

「これで、納得がいっただろう。ケータイを使って、倉木美希をここへ呼ぶんだ。呼ばなければ、おまえの娘の命はないぞ」

大杉は、大きく息をついた。

何があっても、めぐみの命を危険にさらすことだけは、避けなければならない。そのためなら、どんなことでもしてのける。最後の最後になっても、反撃するチャンスはあるはずだ。美希も分かってくれるだろう。

携帯電話を取り出し、アンテナをチェックした。今度は、三本とも立っている。

肚を決め、着信履歴に残る美希の番号に、かけてみた。

すると間なしに、電源が切られているか、またはうんぬんというメッセージが、流れてきた。

もう一度試してみたが、結果は同じだった。

ほっとしながらも、なぜ電源を切ってしまったのか、という不安を覚える。

結局、三度かけ直してみたが、ついに応答はなかった。

大杉は電話を切り、暗いガラス窓に向かって言った。

「電話がつながらない。向こうが、電源をオフにしているようだ。信用できなけりゃ、自分でかけてみたらいい」

携帯電話を、掲げてみせる。

少しのあいだ沈黙があり、それから声が降ってきた。

「ライトをつけて、この窓の左下を見ろ。エクスチェンジ・ボックスの、蓋の取っ手がある。ロックを解除するから、蓋をあけてケータイを入れるんだ」

ガラス窓から身を引いて、バッグからフラッシュライトを取り出す。

壁に切り込まれた、小さな鉄製の蓋と取っ手が、すぐに見つかった。

引きあけると、そこに高さ三十センチ、幅五十センチほどの空間が、現われた。

身をかがめて、中をのぞく。

そこは、コンクリートで塗り固められたボックスで、四十センチほど奥にもう一つ、同じような蓋が見えた。向こうの部屋に、通じているらしい。

どちらにしても、自分の太った体でこの空間をうまく、しかもすばやくくぐり抜けるのは、とうてい不可能だとあきらめた。

それはともかく、地下にこんな手の込んだ仕掛けを施すとは、いったいどういうつもりか。首をひねりたくなる。

〈百舌〉の声が聞こえた。

「フラッシュライトと、スタンガンをバッグにしまって、ケータイと一緒にボックスに、入れるんだ」

それは、ある程度予想していたことなので、言われたとおりにする。

蓋を閉じると、かちゃりというかすかな音が、少しの間をおいて二度聞こえた。二つの蓋が、それぞれ施錠され、解錠されたらしい。

大杉は向き直り、二つのスポットライトの中に浮かび上がった、三つの死体を見た。

今さら、伊沢なにがしと弓削ひかるの死体には、なんの感慨も浮かばない。

しかし残間については、さまざまな思いが頭の中を駆け巡り、気がつくと両の拳を砕けるほど、強く握っていた。

その昔倉木尚武が、爆破事件に巻き込まれた前妻の身元確認のため、監察医務院にやって来たときのことを、まざまざと思い出す。

検死台の上に並べられた、妻の無残な遺体の断片を黙って見下ろしながら、倉木は両の拳を強く握ったり、開いたりしていた。

そのときの気持ちが、今になってやっと大杉にも、分かった気がした。

この手で、かならず〈百舌〉を仕留めてやる。

心に、そう誓った。

天井から、また声がおりてくる。

「なるほど、つながらないな。こんなときに、電源を切っているとはね」

言われたとおり、携帯電話を試してみたらしい。

〈百舌〉が続ける。

「となると、あんたを先に仕留めるしか、なさそうだな」

大杉は、生唾をのんだ。

なぜ、美希が電源を切ったか分からないが、とりあえずはほっとする。

＊

倉木美希は息を止め、全神経を耳に集中した。

にわかに風が立ち、邸内の木々の梢《こずえ》を鳴らし始める。

今しがた鉄柵の前を、補助ランプしか点灯していない車が、音もなく通り過ぎた。

ハイブリッド車らしいが、たとえ人通りの絶えた深夜の住宅街にせよ、ヘッドライトを消した状態で走行するのは、ふつうではない。

間なしに、別邸の北側にある墓地の方角から、タイヤが砂利にこすれるような、かすかな摩擦音が聞こえてきた。

何か、虫の知らせのようなものを感じて、美希は鉄柵から身を引いた。

とっさに、携帯電話の電源を、オフにする。

大杉や平庭から、着信があるかもしれないが、今はいっさい音を立てないように、細心の注意を払わなければならない。

少し離れた、北側の太い木の後ろに位置を移して、様子をうかがう。

そのまま動かずにいると、突然鉄柵の向こうに人影が現われ、ぎくりとした。

人影は、黒っぽいコートを身につけ、同じ色のレインハットのような、つばの広い帽子をかぶっている。スラックスも靴も黒系統で、夜目には見えにくい格好だ。細身の体で、背もさほど高くない。

よもやと思ったことが、現実になった。

人影は、しばらく様子をうかがってから、閉じていた鉄柵を静かに押しあけ、中にはいって来た。

きびきびした動きだが、そのたたずまいから男ではない、と直感する。弓削ひかるか、洲走まほろのどちらかだろう。

すでに、この邸内にひかるがひそんでいるとすれば、今はいって来たのはまほろ、ということになる。むろん、逆の場合もありうる。

どちらにせよ、〈百舌〉であることに、違いはあるまい。

星明かりだけの闇にもかかわらず、人影は迷わず別棟の方へ歩きだした。フラッシュライトのたぐいは、いっさい使わなかった。

美希は、とっさに木の幹を伝いながら、あとを追った。

大杉にも言ったとおり、武器らしい武器は何も持っていない。

ただ、かつて長崎県《ながさきけん》の鷲ノ島《わしのしま》で〈百舌〉と戦ったとき、身を守るのに役立ったカッターナイフを、いつもバッグに忍ばせているだけだ。お守りがわりの、気休めにすぎない。

やがて、木陰に二階建ての別棟が、見えてきた。

人影は、建物に沿って裏の方へ、回って行く。

風はますます強まり、木々の揺れが感じられるほどになった。

美希は建物に近寄らず、木立の中を手探りで抜けながら、人影を追った。建物が白壁なので、人影の動きはよく分かる。

建物の裏には、例の焼却炉があるはずだ。

美希は、音を立てないように注意しながら、建物の裏手が見えるところまで、木立を横に移動した。

コンクリート造りらしい、暗灰色の箱型の建造物が見える。上方に、ダクトが延びているので、焼却炉に間違いあるまい。

焼却炉の、前面に取りつけられた鉄製らしいドアは、開いたままになっていた。

人影は、その前に立って少しのあいだ、思案しているようだった。コートの裾が風にあおられ、はたはたと鳴る音が聞こえる。

美希は、唇を嚙み締めた。

あの焼却炉の中から、大杉は地下へもぐったはずだ。そのときに、ドアをあけたままにしておいたらしい。

美希は、それが何を意味するのか考えたが、分からなかった。そこが、地下への入り口だということを、知らせようとしたのだろうか。

それはすでに分かっていることで、美希には必要のない目印だったが、ほかに考えられる理由はない。

人影もまた、同じとまどいを感じているのかもしれない。それならそれでいい。敵を惑わすのは、悪いことではない。

やがて人影は、肚を決めたようにゆっくりと、中にはいって行った。ドアは開いたまま、残された。

何も異変は、起こらなかった。争う気配もない。木々の揺れる音以外に、何一つ聞こえてこない。

美希は、数を三百数え終わるまで待とうと決め、小さく顎を動かし始めた。

時間にすれば、わずか五分ほどにすぎないが、何か起こるとすればそのあいだだろう。

焼却炉に変化がないまま、辛抱強く数え続ける。

六十三まで数えたとき、何か重いものが閉じるような、こもった音が聞こえた。

とっさに、地下へ通じる入り口の蓋が、下ろされた音ではないか、と判断する。

美希は急いで体を起こし、木立から出ようとした。

しかし、何か納得のいかないものを感じて、動きを止める。何かおかしい。

別の木の陰にうずくまり、あらためて六十四から数え始めた。

数えながら、考える。

大杉は、焼却炉のドアをあけ放したまま、中にはいった。

レインハットの人影も、そのままにして姿を消した。

大杉は、鉄の蓋を上げて地下にはいったあと、蓋を下ろさなかったはずだ。ドアを、あけ放しておいたからには、蓋も上げたままにしておくだろう。

そして、例の人影もそうするに違いない、と思っていた。だからこそ、蓋が閉じる音を聞いて、違和感を覚えたのだった。

考えすぎなら、考えすぎでもいい。

ふと気がつくと、数を数えるのが止まっていた。

もう一度、六十四から数え直していく。

三百まで数え終わり、おもむろに体を起こそうとしたとき、突然焼却炉のドアから例の人影が、すべり出てきた。

はっとして、また動きを止める。

人影は身をかがめ、レインハットのつばの下から、あたりに目を配っている様子だ。

やがて、その体から緊張感が抜けたように、肩のあたりが柔らかくなった。

人影は、ゆっくりとあとずさりをして、ふたたび焼却炉に姿を消した。

どっと、体から冷や汗が噴き出して、美希は大きく息をついた。

用心するに越したことはない、としみじみ思う。すなおにあとを追っていたら、焼却炉の中で待ち伏せにあい、無事ではすまなかっただろう。

あの蓋の音は、やはり誘いの罠だったのだ。

念のため、さらに百を数えてから、静かに木立から忍び出た。

遅れをとることに、焦りを感じないわけではない。この瞬間にも、大杉に危険が迫っていないとも限らず、それを思うと体が前のめりになりそうだった。

焼却炉の入り口に身を寄せ、中の気配を探りながらさらに二、三分様子をうかがう。

思い切って中にはいったが、だれも襲って来る者はなかった。

ハンドバッグをあけ、クリップつきのカッターナイフを取り出し、コートのベルトに挟む。

さらに、キーホルダーについたミニライトで、内部を照らした。

隅のコンクリートの床に、四角い鉄の蓋が見えた。

46

作業台に伏せた娘は、まだ眠ったままだ。

相手が女だから、男に使うよりは量を少なくしてやったが、少なくともあと一時間程度は、目を覚まさないだろう。

東坊めぐみに関する情報は、民政党の幹事長三重島茂の筋から、教えられた。

生活経済特捜隊は、警視庁生活安全部の分室がある西新橋の、裏通りの古いビルにはいっている。一階のメールボックスに貼られた、〈生経特報社〉というネームプレートが、目印だ。隠れみのに、業界紙を装っているのだろう。

洲走まほろと二人で、朝からそのビルの近くに車を停め、人の出入りを見張った。渡された写真で、めぐみの顔と外見はすぐに、特定できた。

夕方になって、めぐみは警務部の監察官から呼び出しを受け、桜田門《さくらだもん》の本部へ徒歩で向かった。

日比谷《ひびや》公園の向かいの、プレスセンタービルに差しかかったとき、めぐみを追い抜いた車から、まほろがおりた。

あのファサード付近は、時間によって人通りが少なくなり、車道とのあいだに生け垣がある。目につきにくい場所だ。

話しかけながら、まほろがめぐみに薬を吹きつけ、意識を失わせた。

それをまほろが抱き止め、こちらと二人で急病人、急病人と連呼しながら、間をおかず車に運び込んだ。

通りかかった連中は、眺めるだけで手を貸しもしない。簡単な仕事だった。

監察官を通じて、めぐみを一人で桜田門へ向かわせたのは、むろん三重島の筋からの働きかけによる。

めぐみが消えたことは、しばらく明らかにされないだろう。その日、めぐみの予定は夜勤になっており、実家からの問い合わせもないはずだ。

めぐみを手中にしたことで、こちらは大杉良太の死命を制する、最強最大の切り札を握った。

倉木美希を、呼び寄せることには失敗したが、大杉を徒手空拳にしてやった。

バッグの中を調べる。

フラッシュライト。スタンガン。磁気コンパス。スケール。ハサミ。電子辞書。ミノックス。素通しの眼鏡。ハンチング。消毒薬。絆創膏《ばんそうこう》、等々。

探偵業の必需品、というところか。

武器といえるのは、スタンガンくらいのものだ。

それも国産品で、アメリカあたりで使われるような、一撃で人を倒すほどの破壊力を持つ、強力な機種ではない。屁《へ》の突っ張りにもなるまい。

噂には聞いていたが、この男を実際に目にするのは、初めてのことだ。

ガラス窓越しに見るかぎり、がっしりした体格の持ち主だが、腰回りに贅肉が目立つ。

現に、上着のボタンははずされたままで、ベルトは腹の下に隠れている。

おそらく、五十代も半ば過ぎだろうが、顔の色艶だけはいい。相手にとって、いささか不足な気もするが、甘く見るわけにはいかない。もとはこわもての刑事だった、という話も耳にしたから、根性だけは据わっているのだろう。

ガウンとマスクをはぎ取り、動きやすいスウェットスーツ姿になる。今さら、正体を隠しても、意味がない。どうせ相手は、あの世に行くのだ。

いきなり、めぐみの肩に手を置いてみたが、めぐみは無反応だった。だいじょうぶ、目を覚ます気配はない。

マイクのスイッチを切り、リモコンを手にする。

まず、伊沢に当てた方のスポットライトを消し、光の輪を一つだけにした。

それから、錠の開閉ボタンを操作して、ガラス窓の向こう側につながる、左手のドアを解錠する。

リモコンを作業台に投げ出し、すばやく階段を飛びおりて、鉄のドアを押しあけた。

ラッチの音を聞けば、ドアに先制攻撃をかけてくるのではないか、と思った。

しかし大杉は、少しも位置を変えることなく、中央のスポットライトを浴びたまま、こちらを見返してきた。

後ろで、ドアが自動的に閉じる。

「あんたにも、チャンスをやる。根性を据えて、かかって来い」

声をかけると、大杉はライトの下で向きを変え、両足を踏ん張った。

途方に暮れたような顔で、こちらを見つめてくる。

「だれだ、おまえは。だれなんだ」

聞き返した声に、驚きと困惑の色がにじんだ。

それはそうだろう。これまで大杉とは、一度も顔を合わせたことがないのだ。

この男の、驚いた顔を見るのは、なぜか痛快な気分だった。

「おまえは、〈百舌〉じゃない。〈百舌〉は、女のはずだ」

大杉は、戦闘態勢をとることも忘れたように、言いつのった。

「ボイス・チェンジャーを使うと、男か女かも分からなくなる。それだけのことさ」

大杉は、足元に重なって倒れた、残間龍之輔と弓削ひかるの死体に、視線を落とした。

それから目をもどして、喉から声を絞り出す。

「そうか。分かったぞ。おまえはこの女と、ぐるだったんだな。残間を倒したり、運んだりするのを、女一人でこなすのは無理だ。おまえが、その仕事を引き受けたんだろう」

鼻で笑ってやる。

「そのとおりだ。しかしおれは、力が強いだけじゃない。指先も、いたって器用でね。テグスで、まぶたを縫い合わせるくらい、ほんの朝飯前さ」

それを聞くと、大杉は目をむいた。

「なんだと」

頭の中を、いろいろな情報が目まぐるしく、回転しているのが分かる。

それを見ているだけでも、楽しかった。

「もっとめんどうなことも、やってのけたぜ。百舌落としの仕掛けなんぞ、今どきだれもやれないだろう。望遠レンズでとらえられるように、矢印を書いた札を木に貼りつけるのも、それなりにおもしろかったよ。夜中の仕事だったから、けっこう苦労はしたがね」

大杉は、ぽかんとした顔つきで、黙ってこちらの言うことを、聞いていた。

それから、蛇が蛙《かえる》でも飲んだように、喉を動かした。

「おまえは、いったい」

それだけ言って、口元を手の甲でぬぐう。

「あんたのことは、前から聞いているよ、大杉さん。こちらも以前は、あんたと同じ会社にいたからな」

大杉は目をむき、しゃがれ声で言った。

「おまえ、元警察官か」

「そうだ。あんたはだいぶ前、ノンキャリアの警察官を組織化しようとした、洲走かりほを殺したよな」

大杉の目に、鋭い光がもどる。

こちらの口から、なぜ洲走かりほの名が出たか、考えているようだ。

せいぜい、考えるがいい。

大杉は咳払いをして、探るように言った。

「あれは、自業自得というものだ。あのとき、かりほは倉木美希をビルの窓から、一緒に引きずり落とそうとした。おれはそれを、阻止しただけだ」

たとえそうだとしても、かりほの死の責任は確実に、倉木美希とこの男の両方にある。

「その倉木美希も、とうとうあんたを見放したらしいぞ。ケータイの電源を切って、さっさと逃げ出したようじゃないか」

「おまえの人質になるより、逃げ出す方がずっとましだ。おれに万一のことがあっても、かならずかたきを討ってくれるさ」

大杉はそううそぶいて、こちらをにらみつける。

「そのときは、それこそ返り討ちにしてやるよ。ともかく、今はかりほがあんたに貸した借りを、返してもらうのが先だ」

言い返すと、大杉は強がりのように鼻先で、せせら笑った。

「そうか。読めたぞ。おまえはあのころ、かりほが組織した〈ノスリのだんな〉の、生き残りだな」

こちらも、笑い返す。

それくらいのことは、だれでも思いつくだろう。

「そのとおりよ。ノスリの生き残りは、おれのほかに、もうほとんどいない。かりほが死んだあと、懲戒免職を食らうか依願退職するかして、ちりぢりになった。まあ、そいつらも生き残っただけ、ましだがな」

「そうか、分かったぞ」

いきなり、大杉が大声で叫んだので、ちょっと驚く。

「何が、分かったんだ」

「おまえの正体さ。おまえ、図体《ずうたい》がでかいわりに、手先が器用だと言ったな。鳥や、人のまぶたを縫い合わせたり、百舌落としの仕掛けをこしらえたり、それを望遠レンズで茂田井に、のぞかせたりする。身近で、そんなことができる元警察官といえば、一人しかいないだろう」

ついつい、笑ってしまう。

「今ごろ、気がついたのか。とうに分かっていた、と思ったのに」

「あんまり近くにいて、目立たなかったからさ。おまえ、鳥藤和一だな。茂田井の、元秘書の」

そう言いながら、大杉は目をきらきらさせた。

「そうだ、鳥藤和一だ。気がつくのが、ちょっと遅かったがな」

こちらもつい、声がはずんでしまう。

「おまえ、かりほの妹のまほろと、ぐるだったんだな。それに、この弓削ひかるとも」

その指摘は、気に入らなかった。

「まほろは仲間だが、ひかるはおれたちのあいだに割り込んだ、じゃま者だ。だから、稲垣や残間と同じ目に、あわせてやったのさ」

そう言って、ひかるの死体に顎をしゃくってみせる。

かりほが死んだあと、妹のまほろこそ自分にとって、掌中の珠《たま》だった。

そのまほろを、三重島への貢ぎ物に仕立てたのも、あえて仇敵《きゆうてき》のふところに送り込み、好きなように利用させることで、警戒心の強いあの男が気を緩めるように、仕向けるためだ。

それをまほろは、かりほ以上の淫靡《いんび》なわざを使って、みごとになしとげた。

この鳥藤和一を、用心棒兼秘書として茂田井の家に、送り込むように手を回したのも、まほろの才覚によるものだ。

茂田井から、目障りなカセットテープを奪っただけでなく、〈百舌〉の名のもとにあの男を葬ることで、三重島を怖いものなしにしてやった。

大杉が、口を開く。

「おまえとまほろは、洲走かりほの仇を討つために、三重島に取り入ったんだな。隠し子のひかるを殺したのも、三重島を苦しめるためなんだろう」

ちらりと、まほろのことが頭に浮かんだ。

「三重島に、ひかるが死んだことで苦しむ余裕は、ないかもしれんな」

大杉が、軽く顎を引く。

「それは、どういう意味だ」

今夜、三重島が死ぬであろうことまで、教える必要はない。

「別に、意味はない。それより、自分のことを考えたらどうだ」

大杉は、頭上からスポットライトを浴びたまま、少しのあいだ黙っていた。

抜け上がったひたいに、汗の玉が浮き出すのが見える。

「薬で、茂田井早智子を眠らせておいて、茂田井滋の息の根を止めたのは、まほろだな。そのとき、ひかるのような格好をしたのは、捜査陣を惑わすためか」

こちらもいつの間にか、ひたいに汗をかいていた。

それを、手の甲でふいて、応じる。

「まあ、そんなところだ」

「なぜ茂田井早智子まで、殺す必要があったんだ」

「残間を無事に返すだけでは、おもしろくないからさ。記事を載せなければ殺す、と大見得を切った以上は、それに代わる犠牲者が必要だ。それに、おれが自作自演で被害者づらをするには、残間のほかにもう一つ死体が、あった方がいいからな」

残間を最初に拉致したときも、清掃作業員に化けて新聞社の裏で待ち伏せ、まほろと二人で作業車に運び込んで、この別邸に連れて来たのだ。

その後、残間をここから茂田井の家に移したり、まほろが始末した早智子に百舌の羽根をあしらったのも、全部こちらの仕事だ。

ただ、まほろの指示で早智子のまぶたには、手をつけなかった。

早智子は、一連の事件に関わりがなかったし、まぶたを縫うのは残間一人で十分、とみたからだった。

世間並みの目からみれば、まほろはまともな女ではない。大胆にして細心だが、セックスと人を刺し殺すことにしか、興味がない。

まぶたを縫うとか、切れかかった麻酔をかけ直すとかいう、細かい仕事と力のいる仕事は全部、こちらが引き受けたのだ。

まほろがやった力仕事は、ブラックジャックでこちらの首筋を叩きのめし、麻酔薬を吹きかけて被害者に仕立てる、そのことだけだった。

警備員の伊沢茂則を、錦糸町からここへ運んで来るのも、伊沢を威して倉木美希に電話をかけさせるのも、まほろ一人ではできなかっただろう。ひかると二人がかりでも、無理だったと思う。

どうしても、男が必要だったのだ。

「まほろは、どこにいる」

口をつぐんでいた大杉が、突然問いかけてきたので、ぎくりとした。

もちろん、そんなことはおくびにも出さず、そっけなく答える。

「別の場所へ、別の仕事をしに行ってるよ。おっつけ、ここにもやって来るだろう」

大杉は、しばらく考えていた。

「電話で、残間を呼び出したのは、あんたか」

「そうだ。残間の、新しいケータイの番号は、三重島の筋から教えられた。三重島は、警察内部に強力なネットを、持っているからな」

「そうか。もしかしてあんたは、残間に本名を明かしたんじゃないのか。〈百舌〉について、極秘の情報を提供したいと言えば、残間もおれや倉木美希に知らせずに、呼び出しに応じる可能性があるからな」

思わず、唇をなめる。

それまで大杉は、こちらを〈おまえ〉と呼んでいた。

それが、急に〈あんた〉と呼び替えたことに、気がついた。

何か、下心があるのかもしれない。警戒した方がよさそうだ。

とはいえ、大杉とのあいだは三メートル以上、離れている。たとえ、何か武器を隠していたとしても、不意をつかれる恐れはない。

おもむろに、うなずいてみせる。

「そのとおりだ。さすがに、いい読みをしているな。残間は言われたとおり、この屋敷までのこのこやって来たよ。おれに会えば、特ダネをもらえるかもしれない、と思ったんだろう。なんといっても、残間とおれは茂田井早智子の死体と一緒に、同じ屋敷の中で発見された、被害者同士だからな。極秘の話があると聞けば、かならず一人で出て来ると思った。にらんだとおりだったよ」

大杉は何も言わずに、垂らしていた手をぎゅっと握った。

腹の中が、煮え繰り返っているようだ。

しかし、それをなんとかやり過ごしたとみえ、握った拳をゆっくりと開いた。

打って変わった、静かな声で言う。

「一つだけ頼みがある。聞いてくれるか」

面食らったが、こちらが仏心を出すとでも思ったら、大間違いだ。

「聞くだけなら、聞いてもいい。助けてくれ、という話以外ならな」

「まさに、その話なんだがね。ただ、おれを助けてくれ、とは言わない。おれはあんたを相手に、死に物狂いでやり合う。あんたはおれよりずっと若いし、残間をこんな具合に仕留めたくらいだから、たぶんおれに勝ち目はないだろう」

弱気な、しかし油断のならぬせりふだ。

「あきらめが早いな」

大杉はそれに、取り合おうとしなかった。

「どうやって、おれの娘を拉致して来たか知らないが、めぐみだけは助けてやってくれないか。おれを仕留めたら、もう娘に用はないはずだ。それだけ、約束してもらいたい」

すぐには、答えられない。

大杉の言は、自分がやられることを前提にした、奇妙な提案だった。

「あんたは、おれにやられる気でいるのか」

「いや。おれはただ、万が一にもやられたときのことを考えて、言ってるだけだ。おれが勝てば、この話はなかったことになる」

じっと大杉の顔を見つめる。

「あんたは、おれを警察に引き渡す気がないんだな。殺すつもりだろう」

「そういうことになるな。やるか、やられるかだ。おれは将来に、禍根を残したくない。あんたとまほろを両方とも、あの世へ送る覚悟でいる。お互いに、そのつもりでやろうじゃないか」

平然とした口調だ。

それを聞いて、いくらかたじろいだのは、確かだった。強弱や優劣に関係なく、肚を据えた人間には、気をつけなければならない。

わざと、陽気な声で言う。

「あんたも能天気だな、大杉さん。あんたが死んだら、おれがその約束を守るかどうか、確かめようがないだろう。娘を殺すも生かすも、おれの胸三寸ということになる。そんな約束なんか、ただの気休めにすぎないよ」

「気休めでもいい。おれを倒す自信があるなら、嘘でもいいから約束しろ」

何を考えているのか、分からなかった。

しかし、結果は分かっている。どのみち、生き証人を残す気は、はなからない。

「いいだろう。あんたのために、功徳《くどく》を施してやろう。ただし、こっちからも、要求がある。もしおれが、あんたにやられるようなことがあったら、まほろにもかならず引導を渡す、と約束してくれ。それで、おあいこだ」

47

大杉良太は、うなずいた。

「言われなくても、分かってるさ。では、始めるか」

もちろん、自分を倒したあと鳥藤和一が、めぐみを無事に解放する、などという紳士的な約束を、守るはずはない。

そんな話を持ち出したのは、ただの時間稼ぎにすぎない。

倉木美希が、通用門で黙って手をこまねいている、とは思いたくない。たとえ、連絡がとれなくなっても、いや、とれなくなったときこそ、かならず動く女だ。

美希が、ここまでたどり着くことができれば、めぐみが助かる可能性はある。それまではなんとしても、この男にやられるわけにいかない。

ただ、もう一人洲走まほろが、残っている。

今、どこで、何をしているのか知らないが、遅かれ早かれここに姿を現わすことは、間違いない。

美希とまほろの、どちらが先にやって来るかで、勝負は決まるだろう。

とにかく、当面は目の前の鳥藤との勝負に、全力を尽くさなければならない。

鳥藤は大杉と逆に、スポットライトの外に立っているので、姿がはっきりとは見えなかった。

しかし、そのシルエットだけは、よく分かる。

背丈こそ、大杉より少し大きいだけだが、体つきがまるで違う。スウェットスーツの下で、肩の筋肉がプロレスラーのように、盛り上がっている。

素手と素手とでは、まず勝ち目はないだろう。若いころの大杉でも、互角に戦えるかどうか、あやしいものだ。

見たところ、鳥藤は丸腰のようだった。

まるで、ひとつかみにしてやるとばかり、両腕を上げて身構える。驚いたことに、広げた指の太さまで、見てとれた。

その太さで、縫い針を扱うことができるのか、と思うほどごつい指だ。

時間を稼ぐためには、勝負を長引かせなければならない。

しかし、いかにも格闘技にたけていそうな、この男と長丁場を戦うことは、至難のわざだ。長引けば長引くほど、こちらの体力も精神力も落ちて、不利になる。

つまりは、短期決戦しかない。

鳥藤は、自分の力に自信を持っている。もちろんその自信に、それなりの根拠があることは、大杉にもよく分かる。

この期に及んで、正々堂々と戦おうなどという、青臭い考えは薬にしたくもない。

大杉は、鳥藤と同じように腰を落とし、両腕を広げた。その構えで、じりじりと横へ移動する。

やがて、スポットライトの輪からはずれ、自分の体が闇に沈むのが分かった。

鳥藤の影も、大杉の動きに合わせて向きを変え、ライトの反対側へ回って行く。

大杉は足を止め、ものも言わずにライトの中へ、突っ込んだ。

横たわる、残間とひかるの死体を一飛びに飛び越え、鳥藤の影に向かって突進する。

鳥藤は、あわてる様子も見せず両腕を上げ、迎え撃とうとした。

その腕の動きから、首をねらってくると悟る。

大杉は左腕を上げ、伸びてくる鳥藤のたくましい右腕を、はねのけようとした。

しかしその右腕は、樫《かし》の丸太のようにびくともせず、大杉の左腕を楽々と受け止めた。

かまわず、同じ左腕で押しまくろうとすると、鳥藤はそれを両手ですばやくとらえて、横にひねった。

よろめきながらも、大杉はとっさに右腕を背後に回し、腰の後ろに差してあったハンティングナイフを、上着の下から抜き出した。

息もつかず、がらあきになった鳥藤の横腹に向かって、柄《つか》もとおれとナイフの刃先を突き入れる。

鳥藤は、思わぬ衝撃に虚をつかれたごとく、うっと声を漏らして動きを止めた。

しかし、大杉の腕をつかんだ手は、離さなかった。その力も、落ちていない。

大杉は、突き入れたナイフをえぐりながら、引き抜こうとした。大量に出血させれば、鳥藤の戦闘能力ががくんと落ちるのは、必定だ。

驚いたことに、大杉がつかんだナイフの柄は、びくともしなかった。

えぐるどころか、引き抜くことさえできない。

鳥藤が腹に力を入れ、筋肉で刃をしっかりとつかみ止めている、としか考えられなかった。恐るべき筋力だ。

大杉は焦り、つかんだナイフを上下左右に、揺すろうとした。

それも、無益に終わった。

鳥藤は一言も発せず、左手で大杉の左腕を支えたまま、右腕を喉に伸ばしてきた。

太い指ががっきとばかり、顎の下をとらえてくる。

大杉は、力いっぱい喉の筋を張って、食い込もうとする鳥藤の指に、あらがった。

鳥藤は一言も発せず、大杉の左腕をつかんだ左手を離し、喉首に伸ばしてくる。

今や鳥藤は、両手の力のすべてを大杉の喉元に集め、絞めつけにかかった。

腹に刃を突き立てられながら、鳥藤の力はとても人間わざとは思えぬほど、強かった。

このままでは、喉仏を砕かれる。

大杉は恐怖に襲われ、思わず右手をナイフの柄から離して、喉に食い込む鳥藤の手首をつかんだ。

鳥藤の、両の手首は鉄の首かせのように、揺るがなかった。しかも、ゆっくりと力を増していく。

大杉は、必死にあらがいながら、いつの間にか膝が折れるのを、意識した。逆に、鳥藤の顔が斜め上に、傾き始める。

スポットライトの光源が、まともに自分に当たるのに気づいて、目が裏返りそうになった。鳥藤の顔が、逆光で真っ黒になり、表情が見えない。

いつの間にか、大杉は残間とひかるが重なった床の、すぐそばに引き据えられていた。

しだいに、目の前が暗くなる。自分が、これほど無力だと感じたことは、生まれて初めてだった。

息ができない。

鳥藤の手首をつかんだ手から、しだいに力が抜けるのが分かる。

喉を広げようと、口を開いて息を吸おうとした。ただ、舌を吐き出しただけだった。

大杉は、鳥藤の手首から手が離れ、横に落ちるのを感じた。

左手に、床とは異なる感触がある。なんだろう、とぼんやり考えた。

そうだ、ひかるの和服だ。その下に、残間が眠っているのだ。

猛烈な怒りがわき、一瞬大杉は意識を取りもどした。かすかな記憶が、よみがえる。

左手で、ひかるの和服をさぐって、体の位置を確かめる。そうするうちにも、また視界がしだいに暗くなるのを、意識した。

次の瞬間、求めるものが手に触れた。

大杉は、ひかるの首筋に残っていた、千枚通しの柄をつかんだ。

それを引き抜くなり、鳥藤の腕を目がけて突き立てる。

今度は、鳥藤も苦痛の叫びを上げ、わずかに腕の力を緩めた。

大杉は、大きく息をついて肺に空気を送りこみ、千枚通しを引き抜いた。

瞬時もおかず、今度は同じ腕の肩口に、突き立てる。千枚通しの切っ先は鋭く、細く、筋肉の力でつかみ止めることは、できないはずだ。

鳥藤が、とっさに右手を大杉の喉から離し、千枚通しを握った手首をつかむ。

喉を絞めつける左手と、手首をつかんだ右手の力が、少しも衰えることなく、いっそう強まるのが分かった。

そのとき、もうろうとし始めた大杉の耳に、なつかしい声が響いた。

「お父さん」

そうだ。

あれは、めぐみがまだ中学生で、スケバンを張っていたころのことだ。

赤新聞の記者が、捜査中の事件から手を引かなければ、娘の万引きを紙面でばらすと言って、家に威しをかけて来た。

そのときは、一瞬躊躇したものの、すぐに大杉は肚を決めた。

おれは警察官だ。たとえ娘のためでも、節《せつ》を曲げる気はない。さっさと出て行け。

そう啖呵《たんか》を切って、記者を家から叩き出したのだった。

そのあと、妻とめぐみの恨めしげな目にいたたまれず、大杉は一人で外へ逃れ出た。

しばらくして、傷心のまま家の近くまでもどって来ると、路地でめぐみが待ち構えていた。

お父さん、と久しぶりに呼びかけられたその言葉が、いまだに鮮明に耳に残っている。

それが今の今、よみがえってきたのだ。

お父さん、さっきかっこよかったじゃん。

それで初めて、めぐみと心が通じ合ったのだった。

そして今やめぐみは、父親のあとを継いで警察官になった。

そのめぐみを、死なせるわけにはいかない。

左の手首が、砕けたようだった。

指から一気に力が抜け、千枚通しが床に転がる音が、かすかに聞こえた。

鳥藤の右手が、喉元にもどってくる。ふたたび、おそろしい力が加わって、大杉は自分の喉が砕ける音を、ぼんやりと聞いた。

まさにそのせつな、スポットライトの逆光にもかかわらず、明るい視界の中をめぐみの顔が、一陣の風のようによぎるのを見た。

突然、喉を絞めつけていた鳥藤の両手に、一瞬さらなる力が加わったかとみる間に、そこからゆっくりと指が緩み始めた。

夢を見ているようだ。

鳥藤のうなじから、千枚通しを引き抜くめぐみの姿が、まぶたの裏をよぎる。

鳥藤の体が横倒しになり、大杉の上から重圧が消えた。

なぜ、めぐみが、ここに。

いや、そんなことは、どうでもいい。めぐみは、助かったのだ。

大きく息をついたとき、どこからか声が聞こえた。

「よくやったね、お嬢ちゃん。でも、そこまでだよ」

女の声だ。

それがだれか、大杉には分かった。〈百舌〉だ。

〈百舌〉がここへ、飛んでもどって来たのだ。

意識を失う前に、大杉がかすかに感じたのは、首筋のどこかに突き立てられた、細長い氷のような感触だった。

*

倉木美希は、壁に切り込まれた木のドアに、肩口から当たった。

ドアは、蝶番ごとはずれて吹っ飛び、美希はその場に倒れ込んだ。

そこは、狭いシャワールームのようだった。

すぐ向かいに、半開きになった別のドアが見え、光が差し込んでいる。

そのドアを押しあけて、美希はリノリウムの床に転がり出た。

天井から、円錐《えんすい》形にくだる真っ白な光の筋が、床に倒れ伏した複数の人間を、照らし出した。

その手前に、黒っぽいコートとレインハットをかぶった、華奢な人影が右手に千枚通しを握り、後ろ向きに立ちはだかっている。

その肩越しにのぞくのは、大杉良太の娘の東坊めぐみの、ひきつった白い顔だった。

なぜ、めぐみがこの場にいるのか理解できず、一瞬とまどう。

とたんにコートが揺れ、千枚通しが振り上げられる。

「動かないで」

美希は叫び、コートのベルトから抜いたカッターナイフを、右手に構えた。

動きを止めたレインハットが、まるで高速度撮影のようにゆっくりと、美希の方に向き直る。

レインハットがむしり取られ、ライトの外の暗がりに消えた。

山口タキ。

いや、洲走まほろの無表情な顔が、そこに現われた。

コートは、ボタンが全部はずされて、前をはだけたままだ。全体が黒っぽいのに、シャツだけがまぶしいほどの、白色だった。

まほろの口が、動くともなく動く。

「遅かったじゃないか。ほんとに、そうだ。一足、遅かったよ」

美希は、さりげなくまほろの方へ進みながら、その背後を見た。

うつぶせになった、和服姿の女。顔は見えないが、弓削ひかるに相違あるまい。

その下に重なって倒れ伏す、背広姿の大柄な男は間違いなく、残間龍之輔と思われた。

その横に、背丈はさほどでもないが、スウェットスーツに身を包んだ、体格のいい男が倒れている。

見覚えはないが、おそらくまほろなり、ひかるなりに手を貸した、協力者だろう。

そして、まほろの足元に横たわるのは、まぎれもなく大杉良太だった。

大杉の盆の窪には、いくらか中央をはずれているものの、あのいまわしい赤い小さな穴が、あいている。

まほろが言うとおり、わずかの差で間に合わなかったのだ。

そのとき、まほろの向こうでめぐみの顔が、ひきつったようにゆがむのが、目に飛び込んできた。

「やめなさい」

大声で叫んで、まほろの注意を喚起する。

まほろが、今度はすばやくめぐみの方に、体を回した。

めぐみは、振り上げようとした千枚通しを、はっとしたように下げた。

父親が、まほろに刺されたことを悟って、急激な怒りに駆られたとみえる。

今めぐみが動けば、まほろにやられてしまう。それを阻止するために、あえて警告したのだった。

とにかく、頭を冷やしてやらなければならない。

「どうやって、ここにはいったの」

めぐみは、とまどった顔で少し考えたが、左手の壁のガラス窓の下を、千枚通しの先で示した。

震える声で応じる。

「向こうの部屋から、そこをもぐって来たんです。錠をはずす、リモコンがあったので」

見ると、壁の下部に横長の穴がのぞいており、蓋が開いたままになっていた。どうやらその内部が、隣とつながっているようだ。

まほろの口から、笑い声が漏れる。

足元に倒れ伏した、スウェットスーツ姿の男の肩を、爪先でつつきながら言う。

「こいつも、ばかなやつだね。あれほど、麻酔をたっぷり効かせるように、言っておいたのに」

その男がだれにしろ、やはり協力者に違いない。

よく見ると、その男の横腹にナイフの柄らしきものが、突き出ている。

おそらく、大杉が男と死闘を繰り広げるあいだに、一矢を報いたのだろう。見ただけでは、二人が二人とも死んでいるのか、それとも両方まだ息があるのか、判断できない。

もし、どちらか生きているとするなら、大杉であってほしいと祈る。

めぐみが、いくらか冷静になったのを見すまして、美希はゆっくりと手を上げた。

「その千枚通しを、こっちに投げなさい」

まほろは、それを聞いてめぐみを見たが、動こうとはしなかった。

美希は、まほろの目を引きもどすために、続けて言った。

「あなたの姉を死なせたのは、このわたしよ。かたきをとるつもりなら、正々堂々と戦いなさい。一対一でね」

まほろは、やおら美希の方へ、向きを変えた。

「どちらが先でも、同じことだよ。あんたとあたしと、どちらが千枚通しの扱いがうまいか、試してみようじゃないか」

めぐみは、無言で千枚通しを投げ上げると、逆さに持ち直した。

それをまほろ越しに、美希に向かってほうり投げる。

美希は、カッターナイフを左手に持ち替え、千枚通しを待ち受けた。

千枚通しは弧を描いて、みごとに柄の方から美希の右手に、収まった。

同時に、めぐみが大学時代、ソフトボールの選手だった、と大杉から聞かされたことを、思い出す。

にわかに、〈百舌〉に対する怒りが噴き上げ、美希は唇を引き締めた。

「わたしが、この女の相手をしているあいだに、ここから逃げなさい。どこからでも、地下道をたどって行けば、きっと外に出られるわ。出たらすぐに、警察に連絡するのよ」

　めぐみが、首を振る。

「わたしも、ここにいます。ケータイを、取り上げられましたし」

「それなら、少なくともこの部屋から、逃げなさい」

「でも」

「お父さんのかたきは、きっとわたしがとるわ。任せてちょうだい」

　まほろが、割り込んできた。

「そうはさせないよ。あんたを片付けたら、この小娘の息の根も止めてやる。覚悟するがいいよ」

　美希は、一呼吸おいた。

「あの事件のあと、あなたが母親と一緒に、姉のお墓にお参りするのを、遠くから見たことがあるわ。あの殊勝な妹は、どこに行ってしまったの」

　まほろが、せせら笑う。

「勘違いしないでほしいね。あのときあたしは、かりほの冥福なんぞ祈った覚えはない。かりほのやり残したことを、あたしがかわりにやってのけると、そう約束したのさ」

　言い終わらぬうちに、まほろは思いもかけぬ身の軽さで、飛びかかって来た。

　不意をつかれはしたものの、だてにここ数年逮捕術のおさらいを、続けてきたわけではない。

飛びのきざま、まほろが振りかざした右手の肘に、カッターナイフをすべらせる。コートの生地が切り裂かれたが、皮膚までは届かなかったらしく、血は噴き出さなかった。

美希は、カッターナイフを投げ捨てて、千枚通しを構えた。

気がついてみると、スポットライトの中にも外の暗がりにも、めぐみの姿が見えなくなっている。

例の穴をくぐって、ガラス窓の向こうへ逃げたのか、それとも部屋の隅の闇に身を引いたのか、分からない。

ともかく、これで後顧の憂いなく戦えると、いくらか気が休まった。これ以上の修羅場を、めぐみに見せたくなかった。

美希は肚を据えて、まほろの動きに目を配った。

これまでのやり口から、まほろの殺しはきわめて手際がよく、あまり時間をかけた形跡がない。相手のすきをうまく突き、手早く始末するのが得意のようだ。

しかし今、自分に対して妙に慎重なのは、警戒しているからだろうか。

いや、まほろには警戒とか躊躇、逡巡《しゅんじゅん》といった観念は、おそらくないと思われる。百舌のように、ただの一撃で仕留めることに、生きがいを見いだしているのかもしれない。

そのとき、まほろは突然体をまっすぐにして、袖を切り裂かれたコートを片手で、脱ぎ捨てようとした。

罠だ。

一瞬そう感じたにもかかわらず、体が勝手に動いてしまった。

美希は、がらあきのまほろの胴を目がけて、頭から突っ込んだ。

間一髪、まほろは広げたコートでくるむようにして、美希の視界を奪った。

美希は、とっさに踏みとどまろうとしたが、コートの内側に体を包み込まれ、くるりと一回転して床の上に、引き据えられた。

その瞬間、コートのどこに隠してあったものか、大量の茶色い何かが紙吹雪のように、あたりに舞い散った。

それが、美希の目の前の床にも、舞い落ちてくる。

鳥の羽根だ。百舌の羽根だ、と直感する。

美希は、鼻に張りつく羽根を吹き払い、千枚通しをリノリウムに突き立てて、それを支えにしながら前へ、前へ逃れようとした。

時をおかず、その背にまほろがまたがってくる。

それをはねのけようと、美希はがむしゃらに肘と膝を突っ張ったが、小柄で軽いはずのまほろの体は、鉄さながらの重さでびくともしない。

まほろは、美希の頭にかぶさったコートを、すばやく引きはがした。

「覚悟するがいいよ。たった今、大杉のあとを追わせてやるから」

大杉は、やられたのか。

怒りに駆られて、美希は床に突き立てた千枚通しを、ぐいと引き抜いた。

あおむけになろうと、懸命にもがく。しかしまほろの体は、びくともしなかった。

まほろが、美希の後ろ髪をぐいと握って引き上げ、盆の窪をあらわにする。

美希は首を左右に振り立て、まほろの手を逃れようとした。同時に、口にはいり込んだ羽根にむせ、激しく咳き込む。

しかしまほろは、くっくっと低い笑いを漏らしながら、首の動きに合わせて自由に手を動かし、髪を離そうとしない。

「動くんじゃないよ。往生際の悪い女だ」

まほろはうそぶき、もう一度強く美希の髪を引き絞って、動きを止めた。

美希は、まほろが位置を確かめるように、千枚通しの先端で盆の窪をつつくのを、恐怖とともに感じとった。

まさに、そのとき。

ぴゅう、というかすかな音が聞こえた、と思った瞬間。

美希の頭上に、真っ赤な血が勢いよく降りかかり、床を真紅に染めた。

上にまたがったまほろが、はっと身を硬くする気配が、背中越しに伝わる。

まほろが、勢いよく飛びのく気配がして、背中の重しが取れた。

美希は、くるりと体を回してあおむけになり、千枚通しを構え直した。

そのせつな、美希に背を向けて足元に立ったまほろが、すさまじい悲鳴を上げて、大きくよろめいた。

まほろの背から、ナイフの刃先らしいものが、突き出ている。白いシャツが、たちまち紅に染まり始める。

とっさに体を回転させて、後ろざまに倒れかかって来るまほろの体を、かろうじて避けた。

どうとばかり、床にあおむけに倒れ込んだまほろの上に、大杉の体が勢いよく重なる。

その手は、まほろの胸に突き入れたナイフの柄を、しっかりと握り締めていた。

美希は跳ね起き、二人のそばに這い寄った。

「良太さん。良太さん」

まほろの上に伏した、大杉の体を必死になって揺する。

しかし大杉は、わずかにうなり声を上げただけで、動かなかった。

大杉は、まだ息があったのだ。

それどころか、スウェットスーツの男に突き立てたナイフを、最後の力を振り絞って抜き取ったらしい。

さっき、美希たちの頭上に降りかかった血の雨は、その拍子に死んだ男の傷口から、噴き出したものだったのだ。

気がつくと、部屋の隅の暗がりからめぐみが、転がるように駆けて来た。

「お父さん。お父さん」

泣きながら叫び、大杉の体にすがりつく。

そのとき美希は、倒れたまほろの右腕が蛇のように動き、千枚通しを振りかぶるのを、目の隅でとらえた。

「危ない。逃げて」

めぐみを、思い切り突き飛ばす。

大杉の首筋に向かって、勢いよく振り下ろされるまほろの手首を、寸前でつかんで止める。

「離せ。離せ」

獣のようにわめく、まほろの腕を死に物狂いで、押さえつけた。

まほろの力は、スチールのばねのように強靱で、いっこうに弱まらない。

突きのけられためぐみが、そばに這いもどってまほろの腕に、しがみつく。

しまいには、千枚通しを握るまほろの指に、がぶりと嚙みついた。

まほろの全身から、すべての力が抜けきり、息の根が止まるまで、さらに五分ほどもかかった。

エピローグ

葬儀場に、現役の警察関係者の姿は、ほとんど見られなかった。

少なくとも、倉木美希が目にしたかぎりでは、ほんの数人にすぎなかった。

そのかわり、着古した喪服に身を包んだ男たちや、よれよれのスーツを着た男たちが、驚くほどたくさん押しかけた。

しかも、その多くは故人が骨になるまで、残っていた。

おおむね、大杉良太を挟んで十年前後年長か年若の、元警察官と思われる連中だった。中には、大杉に逮捕されたあと更生した、元犯罪者もいたかもしれない。

今の火葬場はほぼ、遺体を焼く煙も出なければ、煙を出す煙突もない。昔は、煙突から立ちのぼる煙に手を合わせ、冥福を祈ったものだ。

東坊めぐみが、喪主を務めた。

美希は大杉良太の前妻、東坊梅子《うめこ》と初めて顔を合わせた。

二人は、だいぶ前に正式に離婚したはずだが、梅子は最後に柩《ひつぎ》の蓋を開いて、大杉の遺体に別れを告げるとき、身も世もあらぬほど泣き崩れた。

めぐみが支えなければ、立っていられないほどだった。

美希はそれを見て、二人が憎み合って別れたのではないことを、しみじみと悟った。

梅子はおそらく、大杉と美希の関係を察していた、と思う。

しかし、そんなことはおくびにも出さず、前夫が生前いろいろ世話になったと、くどくどと礼を言った。

美希は唇の裏を嚙み締め、必死に涙をこらえるしかなかった。

〈百舌〉にからんで、これまで津城俊輔《つきしゅんすけ》と倉木尚武、そして最後に大杉良太という三人の盟友を失った。

結局のところ、三人とも美希を助けるために、身を犠牲にして死んだのだ。残間龍之輔も数に入れれば、四人ということになる。

中でも大杉は、めぐみと美希を救おうと、渡りかけていた三途《さんず》の川から、引き返して来たのだ。

遺体が焼き上がるのを待つあいだ、待合室は大杉の死をいたむ元警察官たちで、あふれてしまった。中には、現役の警察官も何人か交じっていたが、あとにも先にも出世とは縁のない、叩きあげの刑事ばかりだった。

その光景を見るだけでも、大杉の人柄が偲《しの》ばれて、美希は涙を隠すのに苦労した。

すべてが終わったあと、美希とめぐみ、それに平庭次郎、村瀬正彦、車田聖士郎の五人で、クレドール池袋の大杉の事務所に、遺骨を持ち込んだ。

最終的には、めぐみが実家へ持ち帰るそうだが、その前に父親を事務所へ連れて行き、仕事場に別れを告げさせたい、というのだった。

仕事用のデスクに、美希とめぐみが一緒に急ごしらえの祭壇を整え、焼香した。

だれもが無口だったが、ことに村瀬の落ち込みようは、並大抵ではなかった。事件が、あまりにも早く収束に向かったため、自分の出る幕がなかったことを、何度も悔やんだ。

それは村瀬の責任ではないと、美希以下全員が口をそろえて慰めたが、容易なことでその落ち込みは、収まらなかった。

三重島殺しのニュースは、当然のことながら大々的に、報道された。しかし、その背景にまで詳しく触れたメディアは、当の東都へラルド新聞を含めて、皆無だった。

平庭が、当夜三重島に呼び出されたことも、殺された現場に居合わせたことも、いっさいおおやけにされなかった。哀れをとどめたのは、現場に運転手兼護衛として同行した、首都警備保障のスタッフだ。

護衛は、現場のそばにある平明の森公園の、西側出入り口に近い茂みの中で、盆の窪を千枚通しらしきもので刺され、死体となって発見された。

護衛が、三重島殺しの巻き添えを食い、洲走まほろの犠牲になったのは明らかだが、それもこれも正体不明の通り魔の犯行、と発表された。

それに対して、疑問を投げかけるメディアもなくはなかったが、へっぴり腰の感は免れなかった。

まほろは、二人を殺したその足で別邸に引き返し、美希とめぐみを始末しようとした、と思われる。

そのたくらみは、死線からよみがえった大杉の、奇跡的な逆襲によって阻止された。それはまさに、めぐみと美希を救うためになされた、神の啓示のような出来事だった。

大杉とまほろは、相前後して息を引き取った。

ちなみに、弓削ひかるを殺したのが、まほろの命令によるものだったのか、それとも鳥藤和一の独断だったのか、今となっては知りようがなかった。

三重島の別邸で、スウェットスーツ姿の死体を見たときは、美希もそれが茂田井滋の元秘書とは、思いもしなかった。

それほどに、鳥藤は目立たぬ存在だった。

思えば、茂田井夫妻と同じ邸内で寝起きしながら、用心棒としての役を果たせなかった鳥藤に、なんの疑いもかからなかったことが、不思議といえば不思議だ。

夫妻が相次いで殺されたあと、茂田井の長男から引き続き鳥藤に、屋敷の管理がゆだねられたことが、疑惑を消し去ったのかもしれない。

いずれにしても、三重島別邸での複数の遺体発見の一件は、鳥藤和一と身元不明の女による、単なる猟奇事件として処理された。まほろの名もひかるの名も、そして〈百舌〉という言葉も、いっさい外へ出なかった。

美希とめぐみにも、一件については口をつぐむべし、という無言にして露骨な圧力が、あちこちからかかった。

へたに口を開けば、身の安全も保証されないような気配に、沈黙を守るほかなかった。

生き証人となるべき、大杉と残間がいなくなった今となっては、二人にできることは何もない。

めぐみが、台所の戸棚を探して上物のブランデーを、運んで来る。

ブランデーグラスはなかったが、ウイスキーグラスが五つあったので、それで代用することにした。

テーブルを囲み、一人ずつグラスを満たすと、美希は四人を見回して言った。

「献杯、と言うのはやめましょう。大杉さんも残間さんも、わたしたちが生きているあいだ、わたしたちの中で生き続ける、と思うの。そして二人とも、二度と死ぬことがないのよ。気持ちよく、乾杯、と言って送りましょう」

だれも反対せず、グラスを取る。

美希はグラスを上げ、めぐみを見て言った。

「新聞記者の鑑《かがみ》だった残間さんと、だれよりも勇敢だったあなたのお父さんに、乾杯」

口々に乾杯と唱えて、グラスを一息に干す。

美希は、グラスを置いためぐみの頰に、涙が伝うのを見た。

とっさのこととはいえ、めぐみは父親を救うために鳥藤の首筋を、千枚通しで刺したのだ。それが、刑法上の〈緊急避難〉に当たることは、明らかだった。

とはいえ、結果的に人の命を奪ったのは、厳然たる事実だ。それがめぐみの心に、すぐにはいやしがたい傷を残したのは、当然のことだろう。

美希は思い切って言った。

「お父さんもそうだけれど、めぐみさんも勇敢だったわ。あなたは、鳥藤がお父さんを絞め殺そうとするのを、落ちた千枚通しを使って阻止したのよ。そのおかげで、お父さんは〈百舌〉を仕留めることができたし、わたしを助けることもできた。それは、お父さんもわたしも、よく分かっているわ。覚えておいてね」

言い終わらぬうちに、めぐみは両手で顔をおおった。

事務所に、すすり泣きの声が流れるあいだ、だれも何も言わなかった。

それが収まるのを待って、美希は平庭に目を向け、口を開いた。

「あなたも、今度のことで自分の会社やわたしの会社に、失望したでしょうね」

平庭は小指の先で、目の下をぬぐった。

「ええ、大いに失望しました。よし、そっちがそうならこっちもやるぞ、という気になるくらい、失望しましたよ」

そう言って、皮肉に口をゆがめる。

「例の、残間さんの原稿を記憶させた、USBメモリのことだけれど、あれは三重島の死体から警察の手をへて、民政党のトップの手に渡ったのかしら」

美希の質問に、平庭は下を向いて黙り込んだ。

車田が、口を開く。

「そのメモリは、三重島を殺した〈百舌〉が持ち去った、と聞きましたけど」

涙をふいて、めぐみが言った。

「でも、洲走まほろの死体から、それらしきものが見つかったという話は、聞いていませんが」

美希もうなずく。

「そうよね。そもそも、まほろがあんなものに固執する理由は、見当たらないでしょう。かりに、彼女が生き延びて逃げ去ったとしても、あれを利用できるような立場には、二度となれるはずがないし」

平庭が、二杯目のブランデーをグラスに満たして、くいと一口飲む。

それから、左手を上げて言った。

「三重島が殺されたあと、すぐに社と警察に通報したんですが、それから三重島のポケットを探って、こいつを回収しました」

手を広げると、そこにＵＳＢメモリがちょこん、と載っていた。

美希をはじめ、だれもがため息を漏らす。

平庭は続けた。

「〈百舌〉が持ち去った、と社に虚偽の申告をしたのは、わたしです。それが社から、警察に伝わったんでしょう。洲走まほろの死体から、こいつが出てこなかったので、わたしが疑われているのは、確かですけどね」

それを聞いて、車田があきれたというように、首を振る。

「その話は、聞かなかったことにしましょう」

村瀬が、割ってはいった。

「それをもとに、記事を書くつもりですか」

車田はあわてたように、それを制した。

「そう簡単には、いきませんよ。書くとしても、時期を考えないと」

「その時期は、永久にこないかもしれないわよ」

美希が言うと、その場がしんとなった。

平庭が、USBメモリを美希に差し出す。

「これは倉木警視に、お渡ししておきます。言ってみれば大杉さんと、残間さんの遺書みたいなものですからね。これが役に立つときがきたら、またわたしに相談してください。できるかぎり、協力させてもらいます」

ためらいながらも、美希はそのUSBメモリを、受け取った。

「分かったわ。そのときがくるまで、預かることにします」

めぐみが、ハンカチを出して頬をぬぐい、口を開く。

「この事件のことが報道されれば、残間さんはもちろん父や倉木警視にも、触れざるをえませんね。それはだれも望んでいない、と思います。三重島が死んだ今となっては、戦うべき相手は当面いなくなった、といってもいいでしょう」

平庭が言い返そうとするのを、美希は手を上げて押しとどめた。

「そのとおりね。ただし、〈百舌〉はどんな時代になろうと、不死鳥のようによみがえるわ。いつ、だれが〈百舌〉となって現われるか、予測できないの。そのときのために、このUSBメモリをわたしたちの保険として、取っておきましょう」

だれも、何も言わなかった。

美希は、平庭を見た。

「あなたから、三重島との最後の話し合いの内容を、聞かせてもらったわよね。あれで、全部なの」

「まあ、全部とは言いませんが、星名教授と荒金社長の関係、あるいはそこにケント・ヒロタまで、からんでいたいきさつは、細大漏らさずお話ししました」

「でも、翌日に開かれるはずだった記者発表は、三重島自身が変死したことや、三重島の別邸で事件が発生したことで、立ち消えになったわ。当然、星名教授と荒金社長の任意出頭要請も、白紙にもどされてしまった。CIAから苦情がきたけれど、官房長官が押しもどしたらしいわ」

めぐみが、美希をじっと見る。

「倉木警視はその件に、関わっていらっしゃるんですか」

美希は、愛想のよい笑いを浮かべてみせ、めぐみの問いに応じた。

「まあね。お父さんにも黙っていたけれど、荒金武司はわたしのS（スパイ）を務めていたの」

めぐみは目を丸くして、平庭と顔を見合わせた。

美希に目をもどして言う。

「ほんとうですか。どういうことなんですか」

美希は口をつぐみ、考えを巡らした。

大杉にも黙っていたことを、話していいかどうか迷う。

確かに荒金武司は、美希のために北朝鮮関連の情報を提供していたが、その裏で三重島のためにも働いていたのだ。

それを、荒金が美希に初めて明かしたのは、三重島が殺されたあとのことだった。

大杉の葬儀が行なわれたこの日までに、美希は荒金から三重島のそうした陰の動きを、つぶさに聞き取った。

荒金はむろん、自分が美希のSを務めていることを、三重島に言わなかった。

三重島は、北朝鮮にいる荒金の両親を脱北させて、日本に亡命させるのを条件に、荒金に取引を持ちかけた、という。

一度は帰国したものの、両親が北朝鮮の苛酷な生活に耐えきれず、日本へもどりたがっているとの情報は、荒金の耳にも届いていた。

三重島の注文は、星名がOSRADの資金援助で、研究開発を進めているAIの技術情報を、自分に横流しするように説得せよ、というものだった。

「荒金の話によると、三重島は例のミサイル逆転技術の情報を、OSRADにも北朝鮮にも渡さず、みずから入手して防衛省に提供しよう、としていたの。それを武器に、日本の防衛体制を確固たるものにして、太田黒武吉《おおたぐろぶきち》から民政党総裁、内閣総理大臣の座を二つながら、手に入れるつもりだったのよ」

だれもがあっけにとられ、言葉もなく美希を見返すだけだった。

美希はブランデーを飲み干し、大杉が愛用していた古いソファに、体を預けた。

「その技術を手に入れれば、日本は当面アメリカの言いなりにならずに、ある程度対等の取引ができる。敵対的な共産国に対しても、向こうで同様の技術が開発されるまでのあいだは、優位に立てるでしょう。でも今度の事件で、その技術は当然研究資金を出した、アメリカのものになる。結局、三重島の野望も夢に終わった、というわけね」

そのいきさつを、大杉は知らずに死んだのだ。

ブランデーを飲み干す。

洲走まほろは、思いつく限りの悪行をほしいままにしたが、三重島茂を永遠に葬り去ったことで、一つだけ功徳を施したのだ。

まほろが、星名重富や荒金武司、それにケント・ヒロタの陰謀を、知っていたとは考えられない。三重島にしても、そのような話をまほろにしたことは、ないだろう。

とはいえ、平庭をうまく引きずり出して、例のUSBメモリを回収するよう、三重島をたきつけたのは、間違いなくまほろだと思う。

まほろは、その機会に三重島への復讐を遂げようと決め、実際にそれをやってのけたのだ。

しかも、新聞記者を目撃者に仕立てれば、事件そのものを極秘裏に処理することが、不可能になると信じていたらしい。

しかしそのもくろみは、もろくもついえてしまった。

めぐみが、しみじみと言う。

「これで父も、ゆっくりと眠れると思います」

「そうだと、いいけれど」

応じた美希に、めぐみが不安げな目を向けてきた。

「まだ終わっていない、とおっしゃるんですか」

「さあ、どうかしらね。さっきも言ったように、〈百舌〉はいついかなるときも、不死鳥のように、よみがえってくるわ。前後の関わりがなくても、いつかかならず復活するのよ」

「その、いつかというのは、いつごろなんですか」

めぐみの問いに、美希は少し考えた。

「あしたかもしれないし、わたしたちが全員死に絶えたあとかもしれないわ」

いつの日か自分も、倉木尚武と大杉良太のいるところへ、行くことになる。

その日が、待ち遠しかった。

解説

西上心太

逢坂剛さんと神田神保町界隈は切っても切れない関係に結ばれている。挿絵画家の父・中一弥の資料探しに同道して、古書店に出入りしていた幼少期。長じた一九六二年には、中央大学法学部に入学し北側の駿河台の校舎に通う。卒業後は南側の神田錦町に本社があった広告代理店に入社し、十七年におよぶ兼業作家時代を含め、三十一年間を会社員として過ごした。会社の移転がきっかけの一つとなったのか、退社して作家専業となったのが一九九七年のことだが、さっそく神田神保町界隈に仕事部屋を設けることになる。それ以来ほぼ四半世紀になるが、サラリーマン時代となんら変わることなく、自宅から仕事部屋まで毎朝電車で「通勤」を続けているのだ。昼食に出かけた際の新刊書店と古書店めぐりは日課であり、なによりの気分転換になっているようだ。また書店街は書斎代わりであるだけでなく、渉猟して集めた本の数々が、作品を書く上のきっかけになったり、役に立ったことは数え切れないことだろう。

そんな逢坂さんが小説を書く上で何より大切にしていることは、誰もやっていないことを書くこと、である。

百舌《もず》シリーズの記念すべき一作目『百舌の叫ぶ夜』の後記にこうある。「構想を得てから書き上げるまでに、ざっと三年半かかった」と記したあとに、「のんびりこの作品を書いているさなかに、同じような状況設定の海外ミステリが翻訳」され「さすがに愕然とした」というのだ。幸い状況設定以外はまったく別物だったので、筆を折ることなくあの傑作が完成したことは、われわれ読者にとってこの上ない幸運であった。アイデアがバッティングして、先を越されてしまう例《ため》しは珍しいことではないだろう。アガサ・クリスティーの『そして誰もいなくなった』を読んだエラリー・クイーンが、温めていたプロットをお蔵入りにしたというエピソードは有名である。

百舌シリーズと並ぶ、ライフワーク的な作品に全七作のイベリアシリーズがある。これは枢軸国側のシンパでありながら、中立を保った第二次大戦前夜のスペインを舞台の中心として、日系ペルー人を自称する日本陸軍の課報員・北都昭平が、各国の課報員たちと鎬《しのぎ》を削る物語である。

その四作目にあたる『暗い国境線』（二〇〇五年）で取り上げているのは、シチリア島上陸作戦を成功させるため、イギリス軍が行った欺瞞作戦である。イギリス軍将校に偽装した遺体をスペインの海岸に漂着させ、偽の上陸作戦の書類をドイツ軍の手に渡るようにした奇想天外な作戦である。この作戦の責任者の一人が書いた本が一九五七年に翻訳されており、それを逢坂さんは七〇年代半ばに神田神保町の古書店で入手したというのだ。

二十数年後、逢坂さんはイギリスとスペインで現地取材を重ね、入手した大量の資料による裏付けを加味し、無事作品を完成させることができた。ところがそれから五年後の二〇一〇年に、イギリスの名高いノンフィクション・ライターであるベン・マッキンタイアーが、この作戦に関する詳細なノンフィクション『ナチを欺いた死体』を上梓し、翌年には翻訳版が刊行された。

このたびこの作戦が映画化（「オペレーション・ミンスミート —ナチを欺いた死体—」）され、二〇二二年二月に日本でも上映されるというので、同書が文庫化され、その解説を逢坂さんが担当したのである。その解説で、ほぼ半世紀前に古書店で本を入手したことや、『暗い国境線』を執筆することになった経緯などを詳述している。そしてマッキンタイアーの著作が刊行される五年も前に、自作を完成させていたことに胸を撫で下ろしながら、次のように記している。

「読者がほとんど知らないことを、どうだまいったかとばかり提示するのが、小説家の唯一の、とはいわぬまでも、数少ない誇りの一つだとすれば、それが失われることによる打撃は、並大抵のものではない。すでに、すぐれた研究書が出ているにもかかわらず、その内容をなぞるような仕事をするのは、作家としてのプライドが許さない。わたしは、そうしたきわどい危機をかろうじて、すり抜けたのだ」と。

作品の根幹となるアイデアのオリジナリティへのこだわり。先人の研究にまるまるおんぶするような創作をよしとしない姿勢。逢坂さんは初期のころから現在まで、このように己に厳しい態度を一貫してとり続けているのだ。

あまたある逢坂作品の中で、もっとも人気のあるシリーズが百舌シリーズだ。さらに本書『百舌落とし』はその完結編と目されている作品であるので、これまでの作品リストを掲げよう。

百舌シリーズリスト

⓪を除き、いずれも集英社から単行本で刊行され、後に同社で文庫化。

⓪　裏切りの日日（一九八一年、講談社→一九八六年、集英社文庫）
①　百舌の叫ぶ夜（一九八六年）
②　幻の翼（一九八八年）
③　砕かれた鍵（一九九二年）
④　よみがえる百舌（一九九六年）
⑤　鵟《のすり》の巣（二〇〇二年）
⑥　墓標なき街（二〇一五年）
⑦　百舌落とし（本書、二〇一九年）

警察の権力を自分たちに都合のよいように恣意的に利用しようとするばかりでなく、そのための新たな枠組みを作ろうとする巨悪（一部の政治権力）と、それに抗おうとする者たちとの抗争に、ジョーカーのように暗躍する謎の殺し屋が絡む物語。それが百舌シリーズ全体を貫くテーマであり、第一の特徴である。各作品の内容やつながりは、⑤で佳多山大地氏、⑥で大矢博子氏がそれぞれ解説の中で詳述しているので参照していただきたい。

また、このシリーズを未読であれば、同じ世界観で描かれているものの、ある登場人物を除いて、以降の物語と強いつながりのない⓪を除き、必ず順番に読んでいただきたい。特に①と②は完全な続き物であるから、順番を逆にしてはいけない。そして百舌以外の殺し屋が登場する③を経て④に至ると、⓪の登場人物であり、①から③まで主人公を務めた倉木尚武の上司である津城俊輔警視正が退場し、ひとまず物語に区切りがつく。ここまでがシリーズの第一期と位置づけられよう。

⑤からは第二期の始まりである。本書を手に取ったものの、先行作を未読の方は、最低でも⑤から読んでほしい。というのも⑥と本書は①と②の関係と似て、緊密につながっており、前作への言及も多いからだ。また⑤には⑥と⑦で起きる事件の遠因となる強烈な悪役が登場するからである。

『百舌落とし』が二〇一九年に刊行されたおりに、逢坂さんにこのシリーズについてインタビューしたのだが、それまで誰も書かなかった公安警察を扱ったことが、いちばん自慢できることだと語っていた。そのきっかけはやはり神田神保町の古書店である。そこで公安関係の資料を収集したのだという。その資料で知った警察の暗部を小説にすれば面白いだろうと考えたのだ。

先述したが、『裏切りの日日』がシリーズゼロ的な扱いなのは、津城俊輔以外に後のレギュラー陣が登場しないからだ。とはいえこの作品はジョン・ディクスン・カーばりのトリックが用意されている、ハードボイルドと本格ミステリーの融合を果たそうと意気込んだ作品で、江戸川乱歩賞に応募するつもりもあったという発言があったので驚いた。ちなみにその回は一九八一年の第二十七回だという。受賞作は長井彬『原子炉の蟹』であったが、逢坂作品が投稿されていたらどうなっていたのだろうか。

第二の特徴は主人公たちが過酷な目に遭わされることだ。倉木の妻は①で爆弾テロに遭い死亡。主人公たちも銃撃されたり、刺されたり、拷問にレイプと、これでもかという目に遭う。さらに逢坂さんのすごいところは、主人公の身内はもちろん、主人公格のキャラクターの命も平気で奪ってしまうことだ。主人公はどんな危機に陥っても死ぬことはない。そんなパターンを許さない緊迫感が、このシリーズには常に漂っているのだ。

第三の特徴は、トリッキーな構成である。①における記憶喪失の男を軸に、時制を利用した叙述の工夫。②～④の殺し屋の正体をめぐる謎、江戸川乱歩の少年物のような大時代な仕掛けが登場する⑥、と言った具合に非情で緊迫感のある物語に、あっと驚く仕掛けが用意されているのである。

第四は、過激派による爆弾テロ、北朝鮮の拉致問題、保守革新連合政権など作品が書かれた時代のトピックを巧みにプロットに溶け込ませているところだろう。⑥では特定秘密保護法や集団的自衛権、本書では、なし崩し的に緩められていく武器輸出問題と、大学における軍事研究の問題が取り上げられている。

本書は元政治家が〈百舌〉の手口で殺されたことをきっかけに連続殺人が起き、⑤で強烈な印象を残した洲走かりほの妹・まほろが暗躍する。その一方では倉木美希と大杉親子が、武器の違法輸出問題の事案に関わっていく。そして〈百舌〉との戦いの顛末は……。

逢坂さんによれば〈百舌〉は諸悪の象徴であるという。それを敷衍《ふえん》したのが物語のラスト近くにある倉木美希の台詞だ。

「〈百舌〉はどんな時代になろうと、不死鳥のようによみがえるわ。いつ、だれが〈百舌〉となって現われるか、予測できないの」

警察権力を恣意的に操ろうとする巨悪との戦いは、一人を倒してもまた同じことを考える者が現れる。このシリーズでは主人公や脇役を問わず、多くの者がその戦いに挑み、何度か野望をくじきながらも命を落としていった。だがその戦いを継ぐ者がいなくなったわけではない。

常にわれわれを驚かせてきたのが逢坂剛という作家である。倉木尚武や大杉良太の意志を継ぐ者たちと、「不死鳥のようによみがえる」悪との戦い。そんな新たな展開があったとしても、何ら不思議はないのである。

シリーズゼロを入れれば全八作の百舌シリーズ。このシリーズを読めば至福の時間を味わえることを保証いたします。

（にしがみ・しんた　書評家）